KIM CHI PHO

À Jamais à nous

ÉDITIONS LEMART

1

1870 — Paris, Hôtel particulier de la famille Fabel d'Estremeau, 8 rue Amour.

Le jour n'était pas encore levé, pourtant, le bruit des calèches résonnait dans la rue. On avait murmuré que l'Empire français, dirigé par Napoléon III allait déclarer la guerre au royaume de Prusse. Les réverbères renvoyaient une douce lumière ambre dans la cuisine par la petite fenêtre vitrée. Georgette, la gouvernante s'activait autour du fourneau. Elle versa délicatement l'eau bouillante dans la théière en porcelaine de Limoges et huma la bonne odeur du thé Darjeeling que le marquis avait rapporté de son dernier voyage à Londres. Depuis que le drame avait frappé cette famille, un calme glacial envahissait cette demeure. Aucun repas n'était servi dans la salle à manger et le salon restait désertique. Les rires sonores s'étaient éteints dans ce foyer si chaleureux jadis. La folie altérait le visage du père, la douleur se lisait dans les yeux cernés de la mère, la souffrance dévorait le cœur de l'aîné et le benjamin se murait dans le silence.

Pour Georgette, ce conflit entre les membres de cette famille était un véritable calvaire. Ses tâches étaient doublées. Au lieu de servir trois repas par jour, désormais, elle devait en préparer huit. Le plus effrayant dans cette histoire était l'humeur du marquis. Au quotidien, il était sévère envers le personnel, maintenant, sa dureté était à craindre. Les coups violents pouvaient tomber sans aucune raison apparente.

En pointant son index, la gouvernante énuméra :

- Boissons chaudes, jus, fruits, viennoiseries, beurre, confiture, pain…

Une fois son inventaire terminé, elle ajouta la tasse et souleva le lourd plateau orné du blason de la famille peint en or au milieu. Georgette laissa échapper un léger soupir en pensant aux quatre étages à monter. Elle n'était plus très jeune, et son corps s'était empâté avec l'âge. Bientôt, ses jambes lâcheraient sous son poids. Soudain, la femme plissa ses sourcils et reposa le plateau. Elle parcourut la cuisine du regard, puis appela :

- Tigre ? Où es-tu passé ?

Tigre était le chat d'Henri, l'aîné, un léopard miniature venant du Bengale, étonnamment câlin pour un descendant de chasseurs sauvages. D'habitude, dès qu'il voyait la lumière dans la cuisine, le félin venait tourner autour de Georgette jusqu'au moment où elle lui lançait quelque chose à se mettre sous la dent.

- Minou… Minou…

La gouvernante se mit péniblement à quatre pattes et regarda sous les placards, mais aucune trace de la bête.

- Tant pis ! Ne va pas te plaindre auprès de M. Henri que je ne te nourris pas.

La domestique reprit sa charge et affronta les cent vingt marches. Arrivant au troisième étage, elle aperçut le félin qui grattait à la porte de la chambre de son jeune maître. L'animal était nerveux.

- Tigre…

Georgette miaula doucement. Devinant que le chat allait bondir sur elle, la gouvernante tint fermement le plateau. Erreur ! Une chose étrange se produisit : il se tourna vers elle, des flammes dans le regard. Le félin ouvrit la gueule, pour montrer ses quatre canines pointues.

Effarée, la domestique marmonna quelques mots inaudibles.

Elle monta les dernières marches et, du pied, éloigna l'animal de l'entrée de la porte. Il sortit ses griffes et agrippa le pan de sa jupe.

- Mais qu'est-ce que tu as aujourd'hui ? Sale bête !

Une petite lumière s'infiltra sous le bas de la porte : M. Henri se lève tôt ce matin, observa Georgette. Avec son large bassin, la gouvernante poussa la porte. Aussitôt, Tigre se glissa à l'intérieur et poussa un grognement. La femme lui emboîta le pas. Elle se figea sur place une fraction de seconde, la bouche grande ouverte, mais aucun son n'en sortit. Ses bras tremblèrent au même rythme que la tasse sur le plateau. Au milieu de la pièce, était suspendu dans les airs le corps d'Henri, le visage bleuté et la langue pendante. Ses yeux étaient révulsés. Un liquide jaunâtre épais et visqueux s'écoulait de sa bouche. Sur le sol traînait une boîte jaune en métal. Le drame avait eu lieu récemment, parce que de fines gouttes de sang encore rouge vif perlaient de ses narines et de ses oreilles. Le spectre de la mort plana dans l'air et répandit son odeur macabre tout droit venue de l'enfer.

Un coup de vent glacial souleva la jupe maintenant déchirée de la femme. Le chat agita ses deux pattes dans le vide pour agripper le corps ballotté de son maître. La gouvernante lâcha le plateau. Le bruit de la vaisselle qui s'écrasa sur le sol se mêla aux hurlements de Georgette, qui se tint la tête entre les mains, les yeux élargis de désespoir. Elle descendit les marches d'escalier en criant :

- Dieu de miséricorde ! Monsieur le marquis ! Venez vite ! M. Henri s'est pendu dans sa chambre.

2

2019 — Paris.
Hôtel Étoile, 8 rue Amour

La serveuse m'accompagne jusqu'à la table et me tend le menu :

- Aujourd'hui, le chef propose du poulet rôti, purée de patate douce, pommes grenailles et carottes multicolores, sauce chorizo.
- C'est très bien. Je me laisserai bien tenter… Et une bouteille de Perrier, s'il vous plaît.

La jeune fille incline légèrement la tête et s'en va. Je regarde ma montre, il est 13 h. J'ai une heure à tuer avant mon rendez-vous. Je sors mon téléphone de la poche de ma veste puis m'assois sur le coussin douillet d'une chaise en fer forgé finement sculptée. Je parcours du regard le jardin fleuri niché au cœur de Paris. L'endroit est chic et épuré, c'est de l'excellent travail. L'architecte a fait construire une petite cascade dont l'eau se déverse dans un bassin. Les clients de l'hôtel jouissent de la plénitude de la terrasse tout en admirant les koïs, ces poissons importés d'Asie, symboles de virilité et d'amour.

Une étrange nostalgie me submerge. Ce bâtiment appartenait à mes ancêtres. Cependant, pour une raison que j'ignore, mes aïeux ont souhaité s'en débarrasser. Par la suite, ce lieu est passé de mains en mains avant que son dernier propriétaire décide de le transformer en hôtel-restaurant.

Un ronronnement m'extirpe de mes pensées. Surpris, je vois un chat qui se frotte contre ma jambe. Il arbore une magnifique robe tachetée, identique à celle d'un léopard. Je tends le bras. L'animal glisse sa tête dans la paume de ma main et se laisse caresser. Je ne suis pas fan des bêtes. J'ai toujours résisté pour que Mei Gui Xïn n'adopte pas une de ces bestioles.

Pourquoi le contact avec ce félin me trouble-t-il ainsi ?

Je sens flotter dans l'air un bon présage, alors je prends mon téléphone et j'appelle ma fiancée.

À l'autre bout du fil résonne une voix mélodieuse provenant d'une petite île lointaine, sur l'océan Pacifique.

- Allô, amour. Tu ne devineras pas qui est en train de se frotter contre ma jambe.
- Attention à ce que tu dis, je ne suis pas d'humeur à plaisanter !
- Attends, je te mets la vidéo.

Mon doigt glisse sur l'écran et j'active l'option caméra.

- Oh my god ! Qu'il est mignon ! Je le veux ! J'ai trop envie que tu me le ramènes.

Impossible de placer un mot, Tiger est partie dans un incontrôlable délire. J'esquisse un sourire. Ce surnom ne lui rend pas justice. En réalité, Mei Gui Xïn ressemble plus à un chat qu'à un tigre, sauf quand elle sniffe une ligne ou deux de cocaïne. Cette merde a failli la tuer plusieurs fois, mais elle en est dépendante. Elle essaie de décrocher, sans y parvenir vraiment.

De l'autre côté du fil, ma copine continue de miauler comme si elle parlait parfaitement le chat.

- Approche ton téléphone plus près de sa tête, j'ai envie d'entendre le ronronnement.

Je m'exécute et avance le smartphone plus près de l'animal. Brusquement, le félin bondit en arrière, ouvre la gueule et pousse des cris.

- Greuuuk !

Au même moment, la sale bête me griffe la main. Pris de panique, je lâche mon portable sur le sol.

- Fuck ! Putain de chat !

Je profère des insultes. Je lui aurais donné un coup de pied au cul s'il ne s'était pas sauvé aussi vite. Je souffle sur la blessure pour atténuer la douleur. Trois longues lignes rouges marquent ma main.

- Bonjour, monsieur. Cet objet vous appartiendrait-il ?

Je me retourne en direction de la voix, mécontent, encore agacé par cette attaque-surprise. Devant moi se tient une jeune femme d'une beauté renversante. Dans ma tête résonne soudain une chanson de Joe Dassin, un chanteur dont le répertoire m'est absolument étranger.

C'était l'automne. Un automne où il faisait beau. Une saison qui n'existe que dans le nord de l'Amérique. Là-bas, on l'appelle l'été indien. Mais c'était tout simplement le nôtre. Avec ta robe longue. Tu ressemblais à une aquarelle de Marie Laurencin…

Je ne sais pas qui est Marie Laurencin, donc forcément je ne connais aucune de ses toiles. Mais si j'étais un artiste, je ne me lasserais jamais de peindre ces courbes à damner un saint.

À cet instant, dans le ciel, le vent chasse les nuages, qui laissent jaillir d'éblouissants rayons de soleil. Je cligne des yeux. Dans cette lumière aveuglante et soudaine, j'entrevois son visage, celui d'une amoureuse que je cherche depuis la nuit des temps. Elle est le portrait de mes insomnies, de mes rêves, ainsi que de mes cauchemars.

Je sens planer sur nous l'ombre de Chronos, dieu personnifiant le temps et la destinée, qui sort sa plume d'acier et commence à écrire dans le livre qu'il tient à son bras gauche une nouvelle page de notre histoire.

Elle et moi, nous nous fixons du regard. Je ressens une onde d'amour autour de nous. Je tends le bras pour récupérer mon smartphone. Nos mains s'effleurent. Je frissonne.

La serveuse arrive, se place entre nous et annonce :

- Voici votre plat, monsieur. Du poulet rôti, purée de patate douce, pommes grenailles et carottes multicolores, sauce chorizo.
- Merci, chantonné-je.

La jeune fille me souhaite un bon appétit et retourne en salle. L'inconnue s'en va aussi. Je la regarde s'éloigner comme un cygne dansant à la surface de l'eau. Je pousse un soupir de soulagement quand je l'aperçois assise à une table non loin de la mienne, le visage tourné dans ma direction.

Un serveur empressé passe devant elle, sans s'arrêter, soit il ne la voit pas, soit il l'ignore. Je fais un signe de main au garçon pour qu'il apporte la carte à la dame, mais elle secoue légèrement la tête. Je baisse donc le bras. Elle me sourit. Je sens une flèche brûlante me percer le cœur.

Mon téléphone sonne. Tiger s'affiche sur l'écran. J'hésite, puis finalement laisse la sonnerie retentir dans le vide. Les autres clients me lancent des regards inquisiteurs. Ils se demandent sûrement pourquoi je ne réponds pas.

Le silence retrouve ses droits sur ce jardin ensoleillé. Je prends mes couverts et coupe un morceau de viande avant de le tremper dans une sauce rouge bien épaisse. Est-ce le talent du chef ou est-ce que je trouve ce poulet rôti exquis parce que je me sens amoureux ?

Tout en savourant mon déjeuner, je ne cesse d'observer du coin de l'œil ma voisine d'en face. Elle paraît si jeune, sans doute la moitié de mon âge. Au jour de sa naissance, je connaissais déjà des chagrins d'amour…

D'où vient-elle ? Je me pose la question.

Elle vient d'ailleurs. Je me donne la réponse.

Sa longue chevelure aux reflets dorés est en contraste avec son teint clair de porcelaine. C'est comme si aucun rayon de soleil ne s'était jamais posé sur sa peau. Je ne peux pas résister à l'envie de la parcourir du regard de la tête aux pieds. Je devine, caché sous sa robe crème, un corps de déesse grecque.

La serveuse revient. Elle remplit mon verre et débarrasse la table. Lorsqu'elle s'en va, comme un enchantement, réapparaît la belle qui me captive depuis mon arrivée ici.

- Puis-je m'installer avec vous ? me demande-t-elle.
- Bien sûr.

Je me lève de ma chaise, comme un gentleman, et lui désigne celle qui est inoccupée en face de moi. Je lui propose :

- Puis-je vous offrir quelque chose à boire ?

- Non, merci.

Je la regarde jouer avec le pot des fleurs posé sur la table. Elle caresse les pétales avec ses longs doigts fins. Un sourire se dessine sur son beau visage. Je ferme les yeux le temps d'une seconde et réalise que je connais le goût de ses lèvres.

Comme des amis de longue date, elle m'entraîne dans une conversation passionnante. C'est si rare de discuter avec une personne qui possède une telle culture générale. On dirait qu'elle a connu les deux guerres mondiales et vécu deux cents ans. Je perds le contrôle et me laisse emporter comme un fleuve coulant vers la mer.

- C'est la première fois que je vous vois ici, constate-t-elle.
- C'est la première fois que je viens ici.

Alors qu'elle ne m'accuse de rien, je cherche à me justifier :

- J'ai un rendez-vous dans la maison qui se trouve en face de l'hôtel.

La jeune femme penche légèrement la tête, l'air pensif. Les yeux dans le vide. Puis son regard se pose sur ma griffure :

- Vous avez là une vilaine blessure. Venez, je vais vous la soigner.

Sans attendre ma réponse, elle se lève et tient ma main dans la sienne. J'esquisse un sourire. La vie est imprévisible. On n'est jamais à l'abri d'une bonne surprise. Parfois, perdre c'est gagner. À présent, je remercie ce satané chat de m'avoir griffé.

Je suis le marin charmé par le chant de la sirène. Je ne montre aucune résistance. Nous montons les escaliers et arrivons au quatrième étage. Soudain, un courant d'air glacial frôle ma nuque. Je grelotte et j'ai la chair de poule, accompagnée de tremblements brusques et incontrôlables. Les symptômes disparaissent aussi vite qu'ils sont apparus.

Étrange. Nous sommes à la fin de l'été et l'air est encore chaud, pourtant. D'où vient ce vent du nord ?

Je retourne la tête et aperçois mon agresseur assis au bord d'une fenêtre grande ouverte. Lorsqu'il croise mon regard, il se sauve et disparaît sur les toits parisiens. J'accélère le pas. La jeune femme, dont j'ignore toujours le prénom, pousse la porte de la chambre portant le numéro 401 puis cherche à nouveau ma main.

Ensemble, nous nous glissons à l'intérieur. La petite pièce est à peine meublée : le lit, une table et une chaise. Les murs sont tapissés de papier peint probablement d'origine. Elle s'avance vers la fenêtre, me désigne la maison juste en face et me demande :

- Est-ce le lieu de votre rendez-vous ? Chez les de Lorette ?

Sa voix est chargée d'émotion, un mélange de nostalgie ou de tristesse je ne sais pas trop. Je m'approche d'elle, et scrute le bâtiment opposé.

- C'est exceptionnel d'avoir une terrasse sur le toit pour une demeure d'époque.
- Regardez encore. Dites-moi ce que vous voyez.

La jeune femme détache chaque mot. Je m'avance pour avoir une meilleure vue près de la fenêtre, et me retrouve désormais contre d'elle.

- On dirait qu'il y a une cabane. Les propriétaires ont certainement de jeunes enfants. C'est inimaginable que ce détail m'ait échappé lors de la consultation du cahier des charges.

Elle ne commente pas, mais se retourne vers moi. Je vois le reflet dans ses yeux humides, il est semblable à un arc-en-ciel qui naît après l'averse. À présent, nous sommes face à face. Nos corps sont si proches que je sens son souffle s'accélérer ainsi que le mouvement de sa poitrine qui suit le rythme de sa respiration.

Elle passe ses doigts dans mes cheveux.

Je ne bouge pas. Je suis complètement foudroyé.

Puis, lentement, elle effleure mon visage. J'ai quarante ans et ai connu quelques histoires d'amour, cependant aucune femme n'a fait trembler mon cœur de cette manière. J'aperçois l'ouragan qui va s'abattre sur moi. Mon rythme cardiaque s'accélère au fur et à mesure que s'approche le coup de grâce. Je ne ressens pas la peur, au contraire, je réalise ma chance de la rencontrer. Sur ses paupières fermées, je contemple les longs cils qui frémissent comme les ailes d'un papillon impatient de prendre son envol. Sa bouche évoque la pomme rouge du jardin d'Éden, j'ai envie de la cueillir et de la savourer tout de suite. Seulement, l'image de Mei Gui Xïn passe et repasse dans ma tête. Je suis au bord d'un précipice, il suffit d'un pas pour que je tombe dans le vide. Finalement, c'est elle qui colle son nez contre mon cou et respire mon odeur. Dans ce doux brouillard, je sens ses mains se glisser sous ma chemise et ses ongles se planter dans ma chair.

J'ai le souffle coupé. Le sang me monte à la tête. Tout devient flou, et soudain, je suis plongé dans un noir absolu. Je m'évanouis et m'écroule sur le sol.

- Monsieur, est-ce votre réveil qui sonne ?

J'ouvre les yeux et reconnais un visage familier. J'émerge de mon sommeil. Je suis à mi-chemin entre rêve et réalité. La serveuse désigne du doigt mon téléphone. Je l'attrape et glisse mon doigt sur l'écran pour arrêter l'alarme.

- Il est 13 h 50 ! Est-il possible que je me sois endormi, dans un lieu public, en plein jour ?
- Non ! Ce n'est pas un rêve, je me réponds à moi-même. Je respire encore le parfum de l'inconnue sur moi et je ressens les brûlures de ses ongles sur ma peau.

Le ciel s'assombrit. Le vent souffle. Une feuille jaune vient se poser sur la chaise où elle était assise. Il y a une heure à peine, le soleil brillait, et voilà que la pluie va verser sa rage.

Je laisse un billet de cinquante euros sur la table sans en réclamer la monnaie. Je sors de l'hôtel, perplexe.

3

2019 — Paris.

La demeure des de Lorette, 9 rue Amour

Debout sur le palier de la porte, j'ajuste ma cravate et prends une profonde inspiration. La distance entre l'hôtel Étoile et cette maison est de dix mètres à peine, pas assez pour faire le vide dans mon esprit. Je tente d'effacer ce qui s'est passé dans la chambre 401, mais sans succès. Plus j'essaie d'oublier, plus l'écho de sa voix résonne dans ma tête. Si elle n'était qu'un songe, comment expliquer la brûlure des griffures dans mon dos, et ce parfum de rose thé qui m'enivre ?

Je secoue la tête et m'encourage :

- Allez, Xavier ! Reprends-toi !

Au moment où je vais sonner, un homme aux cheveux gris ouvre la porte d'entrée. Il me lance un regard étrangement affectueux. Son visage est pourtant inexpressif.

- Bonjour, monsieur, me salue-t-il.

De nouveau, je suis saisi par le contraste entre le timbre glacial de sa voix et son émotion cachée.

- Bonjour, j'ai rendez-vous avec M. de Lorette.
- Venez, monsieur.

Le propriétaire me fait signe d'entrer puis referme la porte derrière moi. Nous rentrons dans un vestibule sombre, presque obscur. Le temps que mes yeux s'accoutument à la lumière, dans la pénombre, j'aperçois un peu plus loin une pièce inondée de soleil.

- Wouah !

Le maître de maison se retourne et esquisse un demi-sourire. Sans aucun doute, il connaît l'effet de cette vue extraordinaire sur les visiteurs qui viennent pour la première fois. Il semble soulagé d'entendre juste une brève exclamation de ma part plutôt qu'un long commentaire.

À pas lents, nous approchons de ce puits de lumière, comme des stars entrant sur scène sous les projecteurs aveuglants. Je cligne les yeux pour atténuer l'éclairage. Le soleil traverse un plafond vitré de six mètres de haut et inonde l'espace de sa chaleur. Depuis vingt ans que je fais ce métier, j'ai rarement eu l'occasion de visiter un bien aussi exceptionnel. J'ai du mal à dissimuler mon excitation.

- Je suis sur le coup du siècle ! marmonné-je.

Mentalement, dans ma tête, je commence déjà à rédiger l'affiche du produit et à faire monter l'enchère parmi mes clients prêts à débourser une somme astronomique pour acquérir ce bien de prestige.

- Monsieur de Lorette, vous avez une magnifique propriété. Je vous remercie d'avoir fait appel à notre agence.

Le vieux ne fait aucun commentaire. Il ignore mes compliments, certainement blasé d'entendre sans cesse les mêmes répliques commerciales.

Je poursuis :

- J'adore la décoration et les mobiliers de ce séjour, surtout cette couleur rouge orangé du papier peint si napoléonien. Si nous proposons de vendre la maison telle quelle avec ses meubles, on pourra augmenter le prix au mètre carré. Qu'en pensez-vous ?
- C'est vous l'expert, monsieur. Ils vous ont attendu ici depuis des siècles.
- Qui attend qui depuis des siècles ?

Aucune réponse.

Pourquoi ne suis-je pas surpris de son silence ? Je parcours la pièce du regard et respire cette fragrance de pot-pourri, légèrement musquée et boisée comme celle des roses thé de mon jardin.

- Voulez-vous visiter les étages ? me demande-t-il.

Je le regarde, esquisse un sourire. Depuis ma venue à la terrasse de l'hôtel Étoile, je vais d'étrangetés en bizarreries. Cette sensation de déjà-vu se répète. J'arrive dans un lieu où je n'ai jamais mis les pieds, pourtant, c'est comme si je rentrais chez moi. J'ai l'impression de connaître cette maison dans ses moindres recoins. Peut-être que j'y ai vécu dans une vie antérieure, car mon sentiment d'appartenance à cet endroit est indéniable.

D'instinct, je m'avance vers le canapé en velours rose placé au milieu de la pièce, et m'y love confortablement. Les coussins rembourrés épousent parfaitement la forme de mon corps, nous ne formons plus qu'un. Les gestes familiers se manifestent sans que j'en aie conscience. Je croise les jambes, la tête inclinée en l'arrière et passe les mains derrière ma nuque. Je contemple le ciel, guettant les branches des saules pleureurs qui m'épient depuis la baie vitrée. Puis je me surprends à réciter l'unique poème que je connaisse, sans jamais me souvenir de qui je l'ai appris ni depuis quand.

Entre les saules verts coule le fleuve bleu,
Où j'entends mon galant chanter sur un radeau,
Le soleil brille à l'est, à l'ouest il pleut,
Mon galant est amoureux, comme il fait beau.[1]

Je sens des yeux posés sur moi. Je me retourne et croise ceux du vieil homme, qui se tient à l'écart et me scrute. Depuis mon arrivée, je n'ai pas pris le temps de l'observer. Sa posture repliée sur lui-même ne colle pas avec une personne de son standing. Il me fait davantage penser à un majordome qu'à un aristocrate : les bras droits le long du corps, le menton haut, mais les yeux baissés. Quant à son style vestimentaire, qui porte encore de nos jours un tel accoutrement ? On dirait un acteur de théâtre dans une pièce victorienne.

Je me relève du canapé, prends le vieux par les épaules et propose :

- Allons visiter la terrasse sur le toit.

Mon geste familier ne semble pas surprendre le propriétaire. Au contraire, pour la première fois depuis mon arrivée dans cette maison, je vois des étoiles briller dans son regard triste.

---

1 Liu Yuxi

Nous quittons le séjour et rentrons dans un autre vestibule, plus éclairé que celui qui se trouve à l'entrée. Comme dans un jardin à l'anglaise, chaque nouveau coin invite à une nouvelle découverte. J'ai la conviction de connaître les lieux. Nous arrivons devant un immense escalier en bois, assurément l'âme de cette demeure. Je le connais sans pouvoir donner d'explications. Je monte les marches en hâte, impatient de vérifier si le reste de la visite correspond aux images qui défilent dans ma tête. Je commence à entendre des éclats de rire. Le bois grince sous mes pas, chaque marche produit un son différent comme les touches d'un piano ; j'improvise un petit concerto pour piano numéro 5 de Beethoven, en sautant de marche en marche.

Arrivé à l'intersection de deux escaliers, je m'arrête pour examiner les portraits de femmes d'époque, habillées de robes en soie et dentelle avec le décolleté généreux, laissant entrevoir la naissance de leurs seins. Leurs perruques ornées de bijoux, de fleurs et d'accessoires étaient si extravagantes. Leurs joues étaient fardées de rouge voyant, ainsi que les lèvres. Je me penche sur une toile à la recherche d'un nom ou d'une date, mais je ne trouve rien, hormis la signature du peintre.

Si le salon et ses meubles ont un air de déjà-vu, je ne reconnais aucun de ces visages, sauf celui d'une jeune fille au milieu qui ressemble étrangement à l'inconnue du jardin de l'hôtel Étoile.

Voyant que je reste figé devant ce portrait, le propriétaire fait demi-tour et se tient à mes côtés. Son épaule frôle presque la mienne.

- Elle est si belle n'est-ce pas ! m'affirme-t-il dans un profond soupir.
- Qui est-elle ? lui demandé-je en essayant de dissimuler mon trouble.
- Mlle Aurore de Lorette.

- Votre arrière-grand-mère ?

Fidèle à lui-même, il ne me répond pas.

J'insiste :

- Savez-vous si ce tableau est l'original du XIXe siècle, ou s'il a été peint récemment, mais avec des costumes d'époque ?
- Je ne comprends pas votre question, monsieur.
- Ce n'est pa du baratin commercial, et ne me prenez pas pour un fou, mais votre aïeule ressemble incroyablement à une jeune fille que j'ai rencontrée il n'y a pas une heure à la terrasse de l'hôtel en face de votre maison.

Je suis déstabilisé. Un léger vertige m'envahit. Je fais une pause, approche mon visage du portrait et enchaîne sous un ton plus songeur :

- Je crois qu'elle était vêtue de la même façon.

Le vieux m'interrompt, en ajustant le cadre de la toile.

- Venez, monsieur. Poursuivons notre visite.

La suite se déroule dans des conditions irrespirables. Le propriétaire me montre le reste de la maison. Je vois ses lèvres bouger et j'entends des sons sortir de sa bouche, mais je ne comprends rien, je suis bouleversé. Quand nous arrivons sur la terrasse, elle reste identique à la vue que m'offrait la fenêtre de la chambre 401, à un détail près : plus aucune trace de la cabane, disparue !

Ce n'est pas possible ! Pourtant, j'entends encore résonner notre discussion dans ma tête :

- Regardez plus attentivement. Que voyez-vous ? m'avait-elle demandé.
- Une cabane. Les propriétaires ont certainement de jeunes enfants, lui avais-je répondu.

J'examine l'immeuble en face à la recherche de la silhouette familière à travers les vitres, mais les tentures sont fermées, preuve que la chambre est inoccupée.

Mon cerveau fonctionne à mille à l'heure. J'imagine toutes les hypothèses possibles pour ne pas être déçu. J'avais espéré, vraiment espéré, la revoir. Soudain, un vent glacial s'engouffre dans mes narines. Mon cou s'écroule sous le poids de ma tête devenue trop lourde. Tout devient flou et le sol commence à se dérober sous mes pieds.

Je m'assois sur le banc pour reprendre mes esprits.

- Voulez-vous que je vous apporte une limonade, monsieur ?

Putain ! Une limonade ! C'est une bouteille de whisky qu'il me faut.

Cependant, j'essaie de rester professionnel et lui réponds avec un sourire qui ressemble plutôt à une grimace :

- Ça ira, merci. J'ai tous les éléments. Je vous ferai parvenir par coursier notre estimation. Si les conditions vous conviennent, nous pourrons commencer les visites dès demain.

Le vieux hoche légèrement la tête et nous descendons tranquillement l'escalier. Lorsque nous arrivons sur le seuil de la maison, il me salue en me serrant dans ses bras, les larmes aux yeux, et lâche :

- Je suis si ému de vous revoir chez nous.

Cette embrassade me surprend et sa joie me paraît obscure. De quel « nous » me parle-t-il ? Cet homme, si froid au premier contact, devient subitement attachant sur le palier de la porte. C'en est trop pour moi. Je ne cherche plus à comprendre. Il faut que je m'enfuie d'ici.

Je regarde ma montre, une Rolex en or que Mei Gui Xïn m'a offerte à notre cinquième anniversaire de rencontre. Ce bijou me donne un style ostentatoire et excessif que je déteste, mais ma copine l'adore. Il est 16 h.

Dans une heure, j'ai une réunion avec mon patron. Je descends la rue des Martyrs avec ses innombrables commerces de bouche. Sur le trottoir, je me faufile entre les poussettes roulées par des nounous africaines, leur portable collé à l'oreille.

Il paraît que le neuvième est l'arrondissement parisien où il y a plus d'enfants que d'animaux domestiques. En bas de la rue, j'aperçois l'imposante coupole de l'église Notre-Dame de Lorette.

Est-ce un hasard qu'une famille qui habite à quelques mètres de l'édifice porte le même nom ?

Le doute m'envahit. Je n'ai envie que d'une chose : rentrer chez moi, et prendre Mei Gui Xïn dans mes bras. Elle est la seule certitude à laquelle je m'accroche maintenant.

4

2014 — Paris.

Un signe du destin

Je me souviens très bien de ma première rencontre avec Mei Gui Xïn. J'attendais ma petite amie de l'époque, devant la boutique textile de son père au Sentier. Nous avions rendez-vous avec nos amis dans un restaurant branché pour souffler mes trente-cinq bougies. Sur le trottoir d'en face, j'ai aperçu une jeune asiatique munie d'un caddy, qui fouillait dans les poubelles. Lorsqu'elle avait terminé avec l'une, elle passait à la suivante.

Comment une personne pouvait-elle fouiller les ordures avec tant de grâce ?

J'ai continué à la suivre du regard, si absorbé que je n'ai pas entendu l'arrivée d'Hannah. Celle-ci m'a donné une petite claque sur les fesses, me questionnant d'une voix agacée :

- Tu veux sa photo ?

Je n'ai pas réagi à sa provocation et j'ai gardé les yeux rivés sur la fille en face.

- Les Chinois sont en train d'envahir le quartier. Bientôt, ils vont occuper toute la planète. J'ai lu sur Instagram que les deux phrases les plus célèbres au monde sont : « I love you » et « Made in China ». Et les deux n'offrent aucune garantie.

Je ne lui ai pas répondu. C'est tellement Hannah ! Pour elle, tous ceux qui ont la peau jaune et les yeux bridés sont des Chinois, des envahisseurs ! D'ailleurs, je ne serais pas surpris qu'elle fût à l'origine de cette phrase pathétique. Elle tolère peu tout ce qui n'avait pas un lien direct ou indirect avec son origine juive. Elle a été claire avec moi dès le départ. Si elle sortait avec moi, qui suis cent pour cent athée et

Français de souche, c'était pour servir les intérêts économiques de sa communauté. Elle touchait une double commission, celle de l'agence immobilière et celle du propriétaire d'appartement ou de boutique qu'elle me ramenait. Au-dessus de l'objectif financier, elle voulait s'assurer que toutes les opérations commerciales restent dans sa grande famille.

Hannah vomissait sa haine :

- Regarde cette fille, qu'elle est minable ! Pourquoi ne cherche-t-elle pas un boulot comme tout le monde au lieu de faire les poubelles ?

Pourquoi tenait-elle de tels propos ? Je la trouvais si agaçante que je brûlais d'envie de lui coller une baffe. Je suis de nature calme, et pourtant, j'ai haussé le ton :

- Pourquoi la juges-tu comme ça ? Tu ne connais même pas son histoire !
- Je m'en fous, de son histoire ! m'a rétorqué ma petite amie. Qu'elle aille fouiller les poubelles ailleurs, pas dans mon quartier !

J'ai fixé Hannah du regard. Elle croisait les bras devant sa poitrine, sa tignasse rousse flottant dans le vent, les yeux pleins d'animosité.

Comment as-tu pu aimer une personne si raciste ?

Je m'en voulais terriblement !

Ma copine ne lâchait pas l'affaire :

- Tu veux connaître son histoire ? Va lui demander !

Depuis son arrivée, c'était la seule chose sensée qui était sortie de sa bouche. Alors, je me suis exécuté et j'ai traversé la rue pour discuter avec cette étrangère. Je me suis adressé à elle lentement tout en détachant bien les syllabes, supposant d'emblée qu'elle ne parlait pas la langue de Molière :

- Bonjour. Est…ce…que… je… peux… vous… aider ?
- Non, je vous remercie
- Je… peux… vous… offrir… quelque… chose… à… manger ?

- Non… merci… c'est… gentil… mais… je… n'ai… pas… faim.

Elle m'a répondu avec un sourire délicat, mais je le pris comme une claque en pleine figure. J'ai senti mes joues brûlantes, j'étais mort de honte !

- Je suis navré. Veuillez m'excuser. Je ne suis qu'un idiot !
- Pas de soucis.

Elle a souri.

Sans me regarder, elle passait à la poubelle suivante. Je lui ai emboîté le pas. De nouveau, elle plongeait sa tête au fond du bac vert, fouillait et fouillait encore avant de ressortir un petit morceau de cuir rouge.

Ses yeux se sont illuminés :

- Ah ! Quelle merveille !

Tant de joie juste pour un bout de tissu minuscule ?

J'ai plissé les sourcils, perplexe.

Avec excitation, elle a remonté les manches de son sweater et s'est remise en quête d'autres pièces, le sourire toujours aux lèvres.

Trois secondes plus tard, j'avais percé son secret !

J'ai plongé la tête dans une poubelle à côté et j'ai commencé aussi à chercher. Et quand enfin, j'ai mis la main sur un morceau de peau, mon cri de victoire a résonné sous le ciel de Paris :

- Eurêka ! J'en ai un ! Est-ce grave si c'est brun ?
- Montre-le-moi ! m'a-t-elle répondu avec excitation.

La jeune fille s'est jetée sur moi. Je lui ai tendu fièrement le produit de ma pêche !

- Qu'elle est belle ! m'étais-je murmuré.

Elle m'a pris le morceau des mains et m'a demandé :

- Est-ce que je peux l'avoir ?
- Bien sûr ! Il est pour vous.

La fouilleuse de poubelles l'a rangé aussitôt dans son caddy. Elle m'a regardé et sans comprendre pourquoi nous avons éclaté de rire.

Nous n'étions plus sur le trottoir encombré de bacs puants et infects, nous planions parmi les étoiles dans un ciel noir éclairé par une pleine lune bienveillante.

Hannah nous a rejoints, a haussé les épaules en prenant un air supérieur, puis s'en est allée.

L'étrangère, imperturbable, m'a regardé puis s'est présentée.

- Je m'appelle Mei Gui Xïn, et vous ?
- Xavier… Comment prononce-t-on votre prénom ?
- Méi gui jiïn sè da.

Tout ce que j'ai retenu c'était « mé ». J'ai préféré de m'épargner le ridicule, et n'ai pas pris le risque de répéter. À la place, je lui ai proposé :

- Est-ce que je peux vous offrir un café, mé…mé… ?
- Méi… gui… jiïn… sè… da… a-t-elle répété lentement.
- Mé…
- Allons prendre un café ! C'est l'heure de la pause.

J'ai poussé son caddy, et nous avons marché côte à côte. Quelquefois, nos épaules se frôlaient, puis s'éloignaient et s'effleuraient de nouveau. Nous nous sommes assis à la terrasse d'une brasserie située à l'angle de la rue des Petits Carreaux et de la rue Montorgueil.

Le serveur s'est approché pour prendre notre commande :

- Bonjour, monsieur-dame, qu'est-ce que je vous sers ?
- Deux cafés et des biscuits au beurre, s'il vous plaît.
- Nous n'avons que des spéculos.
- C'est bon, aussi.

Je me souviens avoir murmuré : elle aime les biscuits au beurre, c'est formidable !

Devant deux tasses fumantes et des spéculos, elle m'a expliqué que pour obtenir son diplôme de fin d'études, elle devait confectionner un manteau haute couture exclusivement à partir des chutes de tissus.

Voilà : tout devient plus clair ! Elle n'est ni clocharde, ni clandestine, mais étudiante dans une école de stylisme !

J'ai appris en même temps que son père possédait plusieurs casinos à Macao. Comme quoi, il ne faut pas juger un livre à sa couverture.

D’anecdotes en histoires improbables, elle a fini par m’entraîner dans ses récits au point que j’ai oublié que j’étais attendu pour un dîner.

- Ce n’est pas votre téléphone qui sonne ? m’a-t-elle demandé en mâchant bruyamment un spéculos.
- Si.

Je l’ai sorti de la poche de mon jeans. C’était évidemment Hannah, la dernière personne avec laquelle j’avais envie de parler. Je l’ai laissé sonner dans le vide, jusqu’au moment où Mei Gui Xïn m'a fait signe de répondre.

À l’autre bout du fil, Hannah s’époumonait :

- Je peux savoir où tu es ? Tout le monde t’attend ! C’est quand même ton anniversaire que l’on fête !

J’ai poussé un soupir de lassitude en espérant que Mei Gui Xïn ne me jugerait pas eu égard à ma relation à cette folle furieuse. Contre toute attente, un air de compassion est apparu sur son visage ; elle a haussé les épaules et posé sa main sur la mienne. Au contact de sa peau, j’ai senti une charge électrique me parcourir tout le corps. J’avais déposé le téléphone sur la table, j’ai cherché l’autre main de Mei Gui Xïn, en laissant Hannah hurler dans le vide.

- Où a lieu ta fête d’anniversaire ?

Elle ne me vouvoyait plus. Un mur était tombé.

- Chez Maxim’s.

Elle a alors écarquillé les yeux en s’exclamant :

- Non ! Cet endroit est rempli d’âmes errantes.
- Âmes errantes ? Tu veux dire fantômes ?
- Oui ! La guillotine avait été placée au début de la rue Royale, devine combien de têtes sont tombées entre mai 1793 et juin 1794.

Je n’en revenais pas : la Révolution française avait réussi à s’immiscer dans notre conversation.

Cette fille était un mystère !

- Tu crois encore aux histoires des fantômes ? lui ai-je demandé.
- Parce que toi, tu n’y crois pas ? m'a-t-elle rétorqué.

Je suis resté sans voix. À part la dévorer des yeux, je ne pouvais rien faire d'autre. Des milliers questions jaillissaient dans ma tête. J'aurais souhaité que le temps s'arrête. Le lendemain, j'ai reçu un SMS d'Hannah. Elle m'informait qu'elle me quittait. Encore une ! Mais cette fois-ci, j'étais heureux ! Ça tombait bien, parce que j'étais déjà fou amoureux de Mei Gui Xïn.

5

2019 — Paris, Buttes du Chaumont.

L'apparition

J'arrive devant la bouche du métro Notre-Dame de Lorette, prêt à pénétrer dans les entrailles de Paris. Sans comprendre pourquoi, je change d'avis. Je préfère marcher jusqu'à chez moi. À pied, j'en aurai pour une heure. Le temps qu'il faut pour me vider la tête et rassembler toutes les pièces du puzzle. Les dernières heures que je viens de traverser sont incroyables, prémices d'un bouleversement chaotique.

Je suis dans le déni et cherche des mots pour comprendre ce qui vient de se produire.

Tu as fait un mauvais rêve. Tu rentres chez toi retrouver ta copine. Tout va bien !

La sonnerie de mon téléphone me ramène à la réalité. Je le sors de ma poche. La photo de Tiger accrochée à mon bras s'affiche à l'écran. Je me sens soulagé d'un coup :

- Mei Gui Xïn, c'est la vraie vie !

À cet instant, où tout se bouscule dans ma tête, Mei Gui Xïn est la bouée lancée en pleine mer à laquelle je m'accroche. Avant de la rencontrer, aucune femme n'avait réussi à me supporter plus de trois mois. J'ajuste l'écouteur sans fil à mon oreille droite, actionne le bouton mains libres et réponds :

- Bonjour, Tiger.
- Xavier ! Je t'ai laissé de nombreux messages. Où étais-tu ? Pourquoi ne m'as-tu pas rappelée ?
- Tu le sais pourtant, lorsque je suis en rendez-vous, je ne réponds pas au téléphone.

- Ta copine Hannah a appelé l'agence pour réclamer sa commission. Ton boss est furax. Il attend ton compte rendu. Est-ce que la visite s'est bien passée ?

Je décèle de la colère dans sa voix, elle est inquiète. Ça doit être culturel en Asie, Mei Gui Xïn n'affronte pas le problème de face et à vif, mais elle le détourne à la même manière dont un fleuve contourne une montagne.

- Le compromis n'est pas signé que Picsou demande déjà sa part, marmonné-je.

À chaque fois que celle-là rôde autour de moi, il m'arrive malheur. Je paie encore mon erreur d'avoir mélangé les affaires professionnelles avec mes histoires sentimentales. Si à l'époque, j'avais résisté à la tentation de coucher avec Hannah, j'aurais toujours le loisir de travailler avec elle.

- Xavier !

Mei Gui Xïn s'impatiente. Je ne suis pas d'humeur à parler d'Hannah, car ça finit toujours par une engueulade. Alors je change de sujet :

- As-tu envie de passer chez moi ce soir ? On commande chinois ?

Un silence inhabituel tombe entre nous. J'entends tourner l'aiguille de l'horloge du temps. Tic-tac, tic-tac. Je patiente.

Finalement, elle me répond :

- Je suis déjà chez toi.

Voilà ! Encore une bizarrerie qui s'ajoute à mon étrange journée. Mei Gui Xïn qui ne s'aventure jamais chez moi en mon absence aujourd'hui m'y attend. Ma théorie concernant mon ex et la poisse se confirment. Je vois planer l'ombre d'Arès, dieu de la guerre, au-dessus de ma tête. Je vis une histoire extraordinaire avec Mei Gui Xïn. Je savoure chaque jour la chance de la connaître. Il ne faut pas que je merde cette fois !

- Comment t'as pu monter dans une chambre d'hôtel avec une inconnue, puis la laisser t'enlacer, te toucher, t'embrasser ? Mais ce n'était qu'un rêve ! me dis-je à moi-même.
- Non, tu sais que ce n'est pas vrai ! rétorquais-je.

- Xavier ? À qui parles-tu ? Et puis, c'est quoi tout ce boucan ? J'entends des voitures qui klaxonnent. Où es-tu ?
- Dans la rue, là, je viens de dépasser la gare du Nord, il me faut une bonne demi-heure pour te rejoindre.
- Ne prends-tu pas le métro pour rentrer ?
- Non. Je marche. À tout de suite.

Puis je raccroche avant qu'elle ne me pose d'autres questions. Je range machinalement le téléphone dans la poche de ma veste. C'est la fin de l'été, et les Parisiens sont encore en vacances. Paris est presque sans bruit. En me concentrant, je pourrais même entendre le chant des oiseaux, perchés sur les arbres aux feuilles décolorées.

Devant moi, l'édifice de la Rotonde se dresse sous un ciel bleu. Depuis l'arrivée de la nouvelle mairesse à la tête de l'Hôtel de Ville, la mairie semble s'attacher à faire un lifting aux espaces publics délabrés. Finis les dépôts sauvages de canettes de bière, de sacs en plastique ou toutes sortes d'ordures le long du canal Saint-Martin, sans parler de l'odeur infecte de pisse.

En longeant le canal, je passe devant la terrasse du cinéma MK2. Deux jeunes filles me lancent des regards racoleurs. Je leur retourne un sourire. Je me souviens que ma mère se vantait à ses copines que son fils deviendrait un bel homme et qu'il briserait beaucoup de cœurs. En réalité, il n'y a qu'elle qui trouve que Bradley Cooper me ressemble. Sur une échelle de beauté d'un à dix, je me situe entre le six ou peut-être le sept, dans les bons jours. Pour être dans les neuf ou dix, il faudrait avoir un visage parfaitement symétrique, ce qui n'est pas mon cas, car mon œil droit est légèrement plus petit que celui de gauche, tandis que mon oreille gauche est plus décollée que la droite.

Et puis pourquoi ma mère avait-elle pensé que briser le cœur des femmes serait un trophée ? Certes, j'en ai brisé quelques-uns. Et pourtant, le plus souvent, ce sont elles qui me quittent en m'accusant d'avoir tout gâché. Au début, j'ai cherché à comprendre ce paradoxe, mais plus je cherchais, moins je comprenais. Ma seule certitude, c'est que chaque échec amoureux me conforte dans ma progression vers la compagne idéale. En effet, depuis l'enfance, j'ai la profonde conviction qu'une personne m'attend quelque part et que je finirai par la retrouver. J'ai longtemps été comme ce prince désespéré, qui tenait dans sa main le soulier en cristal et recherchait Cendrillon aux quatre coins du royaume. Ce n'est pas faute d'avoir essayé. J'ai entretenu de courtes relations avec tous types de femmes, mais sans succès. Jacques Brel avait raison : « Il fallait bien passer le temps. Il faut bien que le corps exulte… »

Puis un jour de chance, Mei Gui Xïn est entrée dans ma vie et a tout balayé sur son passage, tel un ouragan. Elle a commencé par jeter aux ordures la pantoufle de vair que je tenais dans mes mains ; ce n'est pas son style, elle préfère les Louboutin. Avec elle, ma vie est une lune de miel sans fin. Elle n'est ni la pessimiste qui voit le verre à moitié vide ni l'optimiste qui le voit à moitié plein. Elle le boit, tout simplement.

Après une heure de marche, j'arrive enfin dans ma ruelle plongeante les Buttes du Chaumont. De loin, j'aperçois la façade de ma maison nichée au milieu d'un jardin ombragé de saules pleureurs. Je pousse le portail en fer, sur lequel est inscrit « Rose-thé », et suis le chemin de graviers vers le seuil de la maison. Aussitôt, une odeur de fleur étourdit mes sens.

C'est le parfum de ses cheveux !

Mais vite, je secoue la tête et chasse cette pensée.

- Il faut que tu effaces cette inconnue de ta tête, me dis-je, sans conviction.

Je tourne la poignée et pousse la porte d'entrée. Une lumière chaude baigne la maison, elle m'inspire d'emblée un sentiment de paix. Une bonne odeur de poulet tandoori envahit mes narines. Une musique résonne dans la pièce, je reconnais la voix jazzy de Nina Simone : « It's a new day. It's a new life for me… »

Mei Gui Xïn m'accueille, un verre de vin rouge à la main :

- J'ai pris une bouteille dans la cave de mon père, et j'ai commandé ton plat préféré chez ton restaurant indien favori.
- Tu me gâtes aujourd'hui !

Elle m'enlace de ses longs bras fins et m'embrasse. Puis, nous nous dirigeons vers le séjour ouvert sur la cuisine.

- En te voyant rentrer à pied, j'en déduis que ton rendez-vous ne s'est pas déroulé comme tu le voulais.

- Si… J'ai tous les détails pour faire une estimation.

Je ressens un pincement au cœur. Est-ce parce que je mens à Mei Gui Xïn ou parce que je me mens à moi-même ?

- La marche m'a fait suer comme un bœuf. Je vais prendre une douche.
- Vas-y, tu sens le mâle !

J'enlève mes chaussures puis m'engouffre dans la salle de bains. Mei Gui Xïn me suit tout en racontant dans un monologue passionnant la nouvelle collection printemps-été de son client.

J'ouvre le robinet. L'eau jaillit de la douchette et envoie un souffle frais sur mon visage. Ma copine s'avance vers moi, pose son verre au bord du lavabo et dégrafe sensuellement ma chemise.

- J'ai réfléchi à ta proposition, le ton de sa voix devient tout à coup plus solennel. À la fin de la Fashion Week, j'emménagerai ici avec toi.

Je pose mes mains sur ses hanches et m'exclame :

- C'est la meilleure nouvelle de la journée ! Je suis vraiment très heureux.

Je l'embrasse.

Mei Gui Xïn fait glisser ma chemise qui tombe sur le sol. Soudain, elle écarquille les yeux. Fixant le miroir sur le mur, son visage devient pâle comme la mort.

Inquiet, je lui demande :

- Qu'est-ce que tu as ?

Je tourne la tête. Dans le miroir embué, j'entrevois les traces rouge sang laissées par des griffures sur mon dos. À l'intérieur de mon corps, un feu brûle. Sous la chaleur, je gémis. Cependant, le cri effroyable de Mei Gui Xïn me coupe net dans ma lamentation. À cet instant précis jaillit un vent glacial venu du monde des âmes errantes. Il fait violemment claquer la porte de la salle de bains, et fait tomber le miroir et le verre sur le carrelage.

Des morceaux de verre s'éparpillent partout sur le sol imbibé du vin rouge. Une seconde plus tard, l'ampoule suspendue au plafond grésille et nous plonge dans l'obscurité.

6

1860 — Paris.

Doux rituel

C'était un rituel. Chaque dimanche, après la messe de 11 h, le marquis passait le reste de la journée chez sa maîtresse, qui habitait dans la maison en face de la sienne. Arrivant au milieu de la rue, il tourna la tête. Il savait que sa femme l'observait depuis la fenêtre de leur salon situé au deuxième étage. Elle portait le petit dernier dans ses bras et lui adressait un sourire bienveillant. N'est-ce pas une situation paradoxale ? Une femme qui regardait son époux se rendre chez son amante, les bras chargés de cadeaux, composés de toilettes luxueuses, vins, et toutes sortes de friandises. Depuis le début de cette liaison, Éléonore Fabel d'Estremeau ne s'y opposait pas, car les conventions de l'époque exigeaient que la maîtresse d'un homme du monde soit l'ornement bien visible, la preuve de son rang social, et non une liaison que l'on cache dans un appartement discret.[2]

Puis, le marquis releva la tête et aperçut son aîné, Henri, le nez collé contre la vitre, avec un air de chien battu. Le garçon agita tristement sa petite main et afficha une mine boudeuse. Le père souleva légèrement son chapeau et continua son chemin.

De l'autre côté de la rue, le majordome l'attendait déjà sur le seuil de la porte, s'inclina et le salua :

- Bonjour, monsieur.
- Bonjour, Flaubert.

Le marquis fit un signe de tête, puis se glissa à l'intérieur.

Le domestique referma la porte, se hâta de débarrasser le visiteur de ses paquets, son chapeau et sa redingote noirs.

- Je vais annoncer votre arrivée à madame.

---

[2] Les horizontales

Le marquis se dirigea vers le salon et s'installa confortablement sur le canapé en velours rose qu'il avait fait confectionner sur mesure pour sa maîtresse. De là, il regardait le soleil filtrer dans la pièce par la baie vitrée.

L'amour est né dans cette maison, se dit-il.

Dans son dos, il entendit le bruit de pas légers de quelqu'un s'approchant sur la pointe des pieds. Il esquissa un sourire amusé, c'était Aurore, la fille de Louise. Il feignit de ne rien entendre, et d'être plongé dans ses pensées. Croyant avoir berné l'adulte, la petite s'éclata de rire. Puis, elle lui sauta au cou avant de faire une petite révérence théâtrale :

- Je suis heureuse de vous voir, monsieur le marquis. Où est donc Henri ?
- Bonjour, mademoiselle Aurore, répondit-il avec la même révérence appuyée. Je suis moi aussi heureux de vous voir. Aujourd'hui, j'ai une affaire importante à discuter avec madame votre mère, j'ai laissé Henri avec Georgette.
- Je suis déçue qu'il ne vienne pas avec vous. J'espère que nous irons quand même à Rose-thé ?
- Nous irons la semaine prochaine, ma chérie.

Le ciel avait viré au gris d'un coup. Un air boudeur assombrit le visage d'Aurore. Toute la semaine, elle avait attendu Henri.

Une belle femme entra dans la pièce et demanda à la fillette :

- Pourquoi avez-vous cet air abattu, ma fille ?

Puis, elle passa amoureusement sa main sur les épaules de son protecteur avant de s'asseoir sur le canapé à côté de lui.

- Bonjour, Louise ! Votre beauté ne cesse de me surprendre.

Il déposa ses lèvres sur le décolleté de sa maîtresse et respira l'odeur de ses seins généreux.

Flaubert apparut avec un plateau chargé de fruits glacés et de mignardises.

- Edmond ! Vous êtes merveilleux ! Vous nous avez encore gâtées !

Aussitôt, la gamine se jeta sur le plateau, saisit deux grosses poignées de friandises et s'en goinfra. Le majordome attrapa sa main et lui nota sur un ton mi-sévère, mi-affectueux :

- Mademoiselle Aurore, ce ne sont pas là des manières !

La demoiselle lui échappa et courut s'accrocher au cou du marquis. Elle lui chuchota quelque chose à l'oreille puis fila comme une flèche dans les escaliers.

Louise demanda :

- Qu'est-ce qu'elle a bien pu vous raconter cette petite coquine ?
- Votre fille me demande s'il serait possible de construire une cabane pour Henri et elle.
- Et ?
- Vous le savez bien, je ne lui refuse jamais rien.

Tous les deux éclatèrent de rire, mais pas pour la même raison. Qu'importe ! Aurore les rendait heureux. Le marquis prit un morceau de chocolat et le porta aux lèvres de sa protégée. Elle goba la bouchée ainsi que les bouts des doigts de son amant, qui flirtait avec sa langue chaude et humide. Sous la chaleur, le chocolat avait fondu en un liquide épais. Louise lui lança des regards langoureux, l'invitant à de nouveaux jeux érotiques. Le marquis prit une profonde inspiration et imagina son sexe à la place de son index. Il glissa l'autre main sous la robe en soie qu'il lui avait offerte dimanche dernier. Ils s'abandonnèrent aux plaisirs de la chair que réclamaient leurs corps. Bientôt, les gémissements des amoureux résonnèrent dans toute la maison.

***

Edmond Fabel d'Estremeau avait rencontré Louise Martin chez Mme Blanche Fauchon. Celle-ci était connue pour organiser des fêtes extravagantes, à son hôtel particulier. Ce jour-là, la maîtresse de maison célébrait Louis Napoléon qui deviendrait bientôt l'empereur Napoléon III. Les invités étaient de riches industriels et aristocrates, mais il s'agissait surtout pour Blanche Fauchon d'amants ou de futurs protecteurs.

Ce qui n'était pas le cas pour le marquis et Mme Fauchon, entre eux c'était simplement une affaire d'argent. Quand le comte de Savoie avait délaissé Mme Fauchon pour s'amouracher d'une jeune courtisane nouvellement arrivée à Paris, les créanciers harcelèrent la demi-mondaine sans répit. Le marquis ayant accès aux informations confidentielles la concernant savait que la faillite était imminente. Mais il savait également que les yeux de biche de Blanche Fauchon possédaient le même pouvoir maléfique que ceux de Méduse. Qui ose les fixer se change en pierre. D'ailleurs, rien qu'à Paris, beaucoup d'hommes riches ne rêvaient que de ça : mourir d'amour pour Blanche. Ils se battraient sans relâche pour racheter ses dettes et prendre, par la même occasion, la place du comte dans le lit de la belle. Le banquier connaissait également l'amour de Mme Fauchon pour le luxe et était avide de dépenser sans compter l'argent dont la couvraient ses amants. Il l'avait invitée à déjeuner et lui avait proposé une sortie de crise.

Blanche avait compris que le marquis lui offrait la chance de sa vie, qu'il était le seul à pouvoir stopper la saisie de ses biens par les huissiers. La demi-mondaine accepta son offre en dépit de sa terrifiante réputation, car le banquier n'hésitait pas à saigner jusqu'à la dernière goutte les mauvais payeurs.

Une fois remise de sa catastrophe financière, Blanche et Edmond étaient devenus des amis intimes. L'aristocrate était invité à toutes ses fêtes.

Lors d'une de ces réceptions, Edmond fit la connaissance de Louise. La jeune femme accompagnait un dandy de renom, le richissime Albert de Montignac. Indifférent au plaisir charnel, le marquis n'était pas un homme à femmes. Il se rendait dans ces réceptions pour ses affaires. Cependant, quelque chose d'étrange planait dans l'air ce jour-là, peut-être des pouvoirs mystérieux de la nuit de pleine lune. Il s'était senti attiré par cette beauté comme l'océan pour la lune les jours de grande marée. Un seul regard avait suffi pour que la vie du marquis soit bouleversée à jamais.

Le marquis demanda à son amie Blanche de jouer l'entremetteuse. Il s'agissait un jeu d'enfant ! Trois jours plus tard, Louise prenait le thé avec le marquis à la Maison Dorée, ainsi nommée pour ses balcons à ferronneries d'or, boulevard des Italiens. Puis, ils finirent la soirée dans l'appartement qu'Albert de Montignac avait mis à la disposition de sa maîtresse, au 38 rue de Peletier. C'était un quartier environnant de l'église Notre-Dame de Lorette connu pour abriter des femmes entretenues.

L'hiver avait laissé sa place au printemps, puis des arbres avaient rendu à la terre les feuilles qu'ils avaient empruntées en été. Les amants s'étaient montrés de plus en plus dans les salons de thé à la mode. Le Tout-Paris s'enflamma pour cette idylle et les paris furent ouverts : à savoir combien de temps le dandy supporterait-il cette humiliation avant de se décider à couper les vivres à sa favorite ?

Puis, un soir, lorsque le marquis se rendit chez Louise, il trouva porte close. Idem les jours suivants : aucune trace de la courtisane.

D'abord, Edmond fut fou de rage, blessé dans son orgueil. Personne n'avait osé le traiter de cette manière. Son humeur devint plus sombre qu'une nuit sans lune. Malheur à celui qui le croisait sur son chemin. Des semaines s'écoulèrent, puis des mois. L'inquiétude prenait peu à peu le pas sur la colère. Sa relation avec Louise était au beau fixe. Il venait de lui faire une offre qu'aucune femme de sa condition n'aurait pu refuser, soit devenir sa maîtresse, de manière exclusive. Louise semblait ravie : alors, pourquoi avait-elle disparu soudainement ?

Le marquis se confia à Mme Fauchon qui, sur l'oreiller, soutirait les informations à ses amants. Cependant, personne n'avait croisé Louise ni à Paris ni ailleurs. Il fréquenta les salons de thé les plus chics, jusqu'aux bordels les plus malfamés, mais aucune trace de la courtisane. Elle s'était volatilisée. Le malheureux perdit peu à peu goût à la vie.

La maladie d'amour était un poison venimeux, elle s'insinua dans les veines du malade et lui broya le cœur à vif. Le marquis bascula dans un abîme sans nom. Il délaissa sa famille, encore plus qu'avant sa rencontre avec Louise. Son travail à la banque ne l'intéressait plus. Il dilapidait sa fortune dans les tables de jeu et passait ses nuits chez des prostitués qu'il ne revoyait jamais. Cependant, plus il s'entourait d'autres femmes, plus l'absence de Louise devenait insoutenable. Quand ni le jeu ni le sexe ne lui apportèrent du réconfort, l'alcool devint alors son échappatoire. Il rentrait désormais ivre mort et défoulait ses colères sur Éléonore. Elle s'enfermait dans la chambre d'Henri. Serrés l'un contre l'autre, ils attendaient que l'orage passe. Au lever du jour, la pauvre femme battue allait à confesse pour implorer la miséricorde de Dieu.

Qu'elle était naïve ! Tout le monde sait que Dieu ne s'encombre pas avec ce genre de problèmes.

Un matin, sans saveur comme tous les autres matins, Georgette lui monta son petit déjeuner. À côté des pots de sucre et de lait se trouvait le courrier qu'il ne prenait plus la peine d'ouvrir et se préparait à balancer dans la cheminée. Cependant, dans cette pile d'enveloppes à l'aspect luxueux, une petite lettre simple et discrète attira son attention. Il la prit délicatement entre ses gros doigts et la porta à son nez. Son parfum le ramenait à un souvenir lointain, à une époque heureuse. Sur l'enveloppe, il reconnut une écriture familière. Ses mains tremblaient si fort qu'il renversa le café brûlant sur les draps. Le plateau tomba à terre et les vaisselles en porcelaine se brisèrent. Avec une fureur animale, il déchiqueta l'enveloppe et parcourut la lettre du regard. Ses yeux dansaient avec les mots et son corps rythmait sous une musique envoûtante. Au fur et à mesure, son visage s'illumina, il lut à haute voix pour se convaincre que ce n'était pas un mirage :

Mon cher marquis,

J'ai dû prendre la fuite et quitter Paris.

Mais, nous sommes de retour. J'ose espérer que vous accepterez de me revoir et me donnerez une chance de vous expliquer mon absence.

Dans l'attente du plaisir de vous lire.

Votre fidèle Louise

Il lut et relut la missive. Les mots restaient les mêmes, pourtant, à chaque relecture il leur attribuait une nouvelle interprétation.

Blabla… Nous sommes de retour… Blabla… mon absence…

- Mais c'est qui, nous ? s'écria le marquis.
- Serait-elle mariée, cette traînée ? poursuivit-il.

Et, il conclut :

- C'est certainement ça ! Elle avait quitté Paris pour un scélérat ! Maintenant, ils reviennent ensemble. Qui que tu sois, je te ferai payer de ton sang !

Son visage s'assombrit. De colère, le marquis déchira la lettre en mille morceaux, qu'il lança en l'air. Une pluie de confettis tomba sur l'épais tapis au sol. Il fixa ce tourbillon d'ailes de papillon, puis les larmes coulèrent sur ses joues. Il s'agenouilla et ramassa jusqu'au dernier morceau de papier déchiqueté.

Il attrapa la clochette posée sur sa table de chevet et l'agita avec fureur :

- Georgette, demandez à Flaubert de préparer la calèche, je sors !

Pendant que le cocher s'activait, le marquis rasa sa barbe et enfila ses plus beaux habits : une jaquette noire assortie à une cravate blanche et un gilet orné de boutons d'or, sculptés aux emblèmes de sa famille.

Une heure plus tard, il descendait les escaliers quatre à quatre, en répétant incessamment : Louise ! Louise ! Il allait enfin la revoir. Il l'avait cherchée depuis des mois, des siècles, voire une éternité.

***

La calèche s'arrêta devant un immeuble modeste, dans le quartier des Batignolles. Le marquis sortit la tête de la voiture et demanda à Flaubert :

- Êtes-vous certain que c'est ici ?
- Oui, monsieur.

L'aristocrate poussa précipitamment la portière et sauta sur le sol avant que son cocher n'ait eu le temps de venir la lui ouvrir. Celui-ci s'excusa platement de n'avoir pas précédé son maître :

- Pardonnez ma lenteur à vous ouvrir, monsieur. Cela ne se reproduira plus, geignit-il.

Flaubert se protégea sa tête de ses deux mains, prêt à recevoir une pluie de coups de bâtons. À son grand étonnement, son patron le regarda à peine. Il ajusta son chapeau aux bords évasés, relevés droit sur les côtés, et épousseta son large manteau pour retirer quelques poussières imaginaires. D'un pas résolu, il s'avança vers la porte d'entrée en bois peint aux couleurs de Paris.

Le concierge, impressionné par la visite d'une prestigieuse personnalité dans cet immeuble, se hâta à sa rencontre. Ils échangèrent quelques mots, puis le gardien courut lui ouvrir la porte. Le visiteur lui fit un signe de main pour le chasser et disparut à l'intérieur. Il traversa un hall sombre sans décors ni plantes, et se dirigea vers les escaliers. Plus il montait, plus son cœur battait à un rythme effréné. Le marquis mit la main sur sa poitrine pour l'empêcher de se catapulter hors de son corps. Des pensées sans aucun ordre logique et contradictoire se pressaient dans son esprit :

Je vais me venger pour tout le mal qu'elle m'a infligé !

Non ! Je vais plutôt la prendre dans mes bras.

Il arriva au quatrième étage, la porte à gauche lui avait annoncé le concierge. Debout sur le paillasson, il prit une profonde inspiration :

Il n'y aura pas de punition. Tout est pardonné.

Le visiteur leva le bras, le poing serré, prêt à cogner sur la porte. Cependant, il fut surpris par les pleurs d'un enfant. Les murs de cet immeuble étaient fins comme une feuille de papier, de l'extérieur, on entendait tout ce qui se passait à l'intérieur. Il s'arrêta un instant et pensa que cet idiot de concierge s'était sûrement trompé entre la gauche et la droite. Il fit demi-tour et frappa à la porte d'en face. Au bout d'une minute, un homme mal rasé, cheveux ébouriffés, en robe de chambre toute graisseuse, apparut. Le marquis fit un pas en arrière, ils se toisèrent l'un l'autre.

- Que puis-je faire pour vous ?
- Est-ce que Mlle Louise Martin habite ici ?
- Cette putain habite en face.

Sans saluer, le barbu claqua la porte.

Le visiteur s'éloigna, mais fit volte-face. Il frappa de nouveau sur la porte. Le bruit des pas traînant sur le sol s'approcha. Dès qu'elle s'entrouvrit, le marquis se glissa rapidement à l'intérieur, il leva sa canne, et du bout métallique, il asséna sans pitié de violents coups au visage du barbu. Attaqué par surprise, le nez de la victime pissa le sang. L'agressé se protégea des deux mains, en crachant quelques dents par terre. La rage de l'agresseur grandit aux supplices de la victime. Plus le martyr suppliait, plus le bourreau cognait.

- Pitié ! Arrêtez ! Je vous demande pardon !
- Crève ! Espèce de rat !

Une voix familière s'éleva dans son dos.

- Edmond ! Arrêtez, s'il vous plaît !

Se retournant, le marquis aperçut Louise. Elle se tenait là devant lui, dans une robe de chambre, portant un enfant dans les bras. Il se redressa et essuya la sueur qui lui coulait dans les yeux.

Est-ce un mirage ?

La jeune femme, horrifiée, examina son voisin blessé sur le sol, le visage en sang. Puis elle fixa son amant et s'étonna :

- Pourquoi le frappez-vous ainsi ?

Edmond ignora la question, s'approcha d'elle et ouvrit ses bras pour l'enlacer.

- Bonjour, chère Louise. Est-ce chez vous, en face ?
- Oui, répondit-elle, encore sous le choc.

Le marquis se retourna et décocha un dernier coup de pied dans le visage de l'homme agonisant sur le sol. Puis il prit sa maîtresse par la taille, l'air de rien, et poursuivit :

- Alors, allons-y.

Tous deux franchirent le palier, en direction de l'appartement opposé. Le vieux parquet en bois grinçait sous leurs pieds. Tout en marchant, le marquis sortit de sa poche un mouchoir blanc brodé avec ses initiales HFE et essuya les traces de sang sur le bout rond métallique de sa canne.

Quand ils arrivèrent sur le seuil de la porte, Louise s'écarta pour laisser passer le marquis en premier. Ils entrèrent directement dans le salon, pas de vestibule ni de couloir. Le visiteur parcourut la pièce du regard. Elle ne contenait que le strict nécessaire : un canapé usé, une table, quatre chaises dépareillées, un lit d'enfant, une commode, des tentures démodées et quelques objets de décorations sans valeur. Il se contrôla pour cacher son émotion. Des questions jaillissaient dans sa tête.

Qu'est-il arrivé à Louise ?

Pourquoi habite-t-elle dans cet endroit si peu digne d'elle ?

Où sont-ils, ses amants qui la couvraient de bijoux et les toilettes à la mode ?

- Voulez-vous un verre d'eau ? C'est tout ce que j'ai à vous proposer malheureusement.
- C'est parfait, répondit le marquis d'un ton indifférent.
- Je vais coucher la petite et je reviens tout de suite.

Louise déposa l'enfant dans son lit, à peine plus grand qu'un berceau pour nourrisson, puis elle disparut dans la pièce adjacente.

Seul dans le salon, Edmond remarqua enfin l'existence de cette enfant. Il se pencha légèrement sur elle et l'examina. Elle dormait, profondément lovée dans une vieille et moelleuse couverture rose. Une question grossière traversa son esprit :

Qui peut bien être le géniteur de cette enfant ?

Il l'observa attentivement, cherchant une éventuelle ressemblance entre elle et lui.

- Ah ! C'est impossible ! Les bébés se ressemblent tous, grogna-t-il.

Le marquis n'avait jamais aimé les enfants. Même son fils, il préférait le regarder de loin. Dans ses souvenirs, Louise n'était qu'une jeune femme, et à présent, c'est une jeune mère. Elle n'a rien perdu de sa beauté. Le malaise le rongeait. Il fallait qu'il s'échappe d'ici. Il se dirigea vers la porte d'entrée, mais à ce moment que la maîtresse de maison revint avec deux verres.

Elle lui en tendit un et sourit :

- L'eau de Paris.

Le marquis s'avança vers Louise, mais le vieux parquet craqua sous ses pieds. Le grincement réveilla la dormeuse. Le visiteur s'immobilisa et tourna son regard vers le lit. La petite ouvrit les yeux, cligna les paupières, puis s'endormit aussitôt.

Finalement, ce fut Louise qui s'approcha, et posa sa tête sur la poitrine du marquis. Il resta immobile, envoûté.

- Qui est le père de cette enfant ? demanda-t-il soudain.
- Quelle importance cela a-t-il ?
- Qui est le père de cette enfant ? insista le visiteur.

Le visage de la jeune femme se durcit. Puis elle poursuivit :

- Elle est de moi.

Le marquis soutint le regard perçant de Louise et continua :

- Comment l'avez-vous appelée ?
- Ma fille s'appelle Aurore.

Edmond prit Louise dans ses bras et l'embrassa. C'était ce dont il avait envie maintenant. Il préférait suivre l'élan de son cœur. Pour le reste, il verrait plus tard.

7

1868 — Paris.

Hôtel particulier de la famille Fabel d'Estremeau

Ni Henri ni Aurore ne se rappelaient quand ils s'étaient vus pour la première fois. Elle commençait peut-être à parler, tandis qu'il encaissait en silence les chutes douloureuses dans les marches d'escalier. Néanmoins, dans leur souvenir commun, ils avaient grandi ensemble, presque côte à côte.

D'un côté, la rue Amour les séparait. De l'autre, l'ennemi connu : le temps, plus précisément les jours de la semaine. Même s'ils pouvaient s'apercevoir, Henri de la fenêtre de sa chambre et Aurore de la terrasse, ils devaient patienter jusqu'au jour du Seigneur pour se voir.

Henri se plaignit à sa mère :

- Pourquoi père ne vient-il voir Louise et Aurore que le dimanche ?
- Aimeriez-vous que votre père vous y amène plus souvent ?
- Oui. J'aurais préféré que nous habitions là-bas.

Éléonore ne répondit pas. Elle prit son fils dans ses bras et respira l'odeur de ses cheveux. Henri ignorait qu'il venait de briser le cœur de sa mère. Elle s'inquiétait pour son enfant et craignait que l'histoire ne se répète.

- Cette courtisane ensorcelle mon mari. Maintenant, sa fille me vole mon fils, se lamenta-t-elle.

Cependant, devant Henri, Éléonore dissimulait son désarroi et se montrait toujours complice :

- Voulez-vous que je demande à Georgette de préparer des biscuits pour la petite Aurore ?
- Oui, merci, mère.

L'histoire d'Henri et d'Aurore commencerait donc par des sensations olfactives et gustatives.

Aurore attendait la venue de son voisin d'en face parce qu'il lui apportait de délicieux biscuits, mais aussi parce que lui-même était imprégné de leur parfum.

8

1868 — Paris.

9 rue Amour

Comme chaque dimanche, la fillette comptait le nombre de coups que sonnait l'horloge :

– Un, deux, trois, quatre, cinq, six, sept, huit, neuf.

Elle poussa un long soupir :

– Seulement neuf… Pourquoi pas douze ?

Louise la consola :

- Ma chérie, il faut que tu sois patiente.
- Pourquoi le marquis ne va-t-il pas à l'église maintenant ?
- Parce que la messe commence à onze heures.
- Pourquoi n'allons-nous pas aussi à l'église avec la famille d'Henri ?

Sans répondre, la maman serra sa fille contre elle. Puis elle passa ses longs doigts fins dans les cheveux de la môme qui exaltaient une fragrance de rose thé légèrement musquée et boisée. Aurore était encore trop petite pour comprendre la vie et ses hypocrisies. La porte du Seigneur était fermée aux femmes comme sa mère.

- Et, si tu nous jouais un morceau de musique en attendant ?

Aurore secoua doucement la tête :

- Je n'en ai pas la force. Je suis trop impatiente pour me concentrer.

Louise admira la courbe boudeuse de ses lèvres et pensa qu'Aurore portait bien son prénom. Elle avait la beauté du jour qui se lève. La fillette s'échappa des bras de sa mère et alla s'asseoir sur les marches d'escalier. Elle fixa l'horloge sculptée en bois rare que le marquis et Louise avaient choisie chez les marchands d'antiquités de l'île Saint-Louis. Cette pendule sonnait toujours en même temps que le clocher de l'église Notre-Dame de Lorette, sauf quand Flaubert oubliait de la remonter.

Les yeux rivés sur l'aiguille des secondes, Aurore scandait en cadence : un, deux, trois…

Et quand enfin, le bruit des pas et les voix familières retentirent dans le vestibule, Aurore courut se cacher derrière les lourdes tentures de velours. Son cœur battait la chamade. Elle porta ses deux mains à la bouche pour réprimer un rire sonore. Dès que le garçon passa devant elle, elle lui sauta au cou puis lui arracha le sac de biscuits des mains. Leurs éclats de rire résonnèrent dans la maison. Ensemble, ils grimpèrent l'escalier jusqu'à la terrasse et s'installèrent sur les gros coussins que Flaubert avait pris soin de déposer sur le sol.

- Georgette a ajouté des amandes.
- Des amandes ?

La gamine plongea sa main dans le sac et sortit un biscuit encore tiède. Sous le regard impatient d'Henri, elle le mâcha bruyamment.

- Non… Je préfère ceux au beurre.
- Juste au beurre…

Il en prit un aussi et le dégusta lentement et discrètement tandis qu'Aurore s'en servait un deuxième, puis un troisième.

- Mangez plus vite, Henri, sinon je les mangerai tous.
- Ce n'est pas grave.

Le garçon terminait tranquillement celui qu'il avait dans la main. Tous deux étaient allongés côte à côte, les jambes entrecroisées, savourant les douceurs, les yeux tournés vers le ciel. Leurs têtes bougeaient en cadence avec le craquement des gâteaux secs.

- J'ai soif ! clama Aurore.
- Je vais nous chercher à boire.

Aurore hocha la tête. Elle savait d'avance la réponse d'Henri.

La gourmande profita de l'absence du voisin pour se gaver de biscuits. Quand elle entendit des pas qui s'approchaient, elle se dépêcha de prendre le dernier et l'avala tout entier. Henri réapparut, tenant un verre de sirop de framboise dans chaque main.

Les enfants reprenaient la vie où ils l'avaient laissée. Aurore commença :

- Hier soir, je vous ai observé du balcon. J'ai vu Tigre jouer au bord de la fenêtre pendant que vous écriviez sur votre bureau.
- Je sais que vous m'espionnez depuis la terrasse, c'est pourquoi je fais exprès de laisser les rideaux ouverts pour que vous puissiez me voir.

Aurore esquissa un sourire satisfait et poursuivit :

- Qu'écriviez-vous ?
- J'ai recopié un poème chinois.

Il sortit de sa poche un morceau de papier soigneusement plié en quatre.

- Lisez-le-moi, s'impatienta la fillette.

Un vent chaud soulevait quelques mèches des cheveux dorés d'Aurore, puis les laissait retomber sur ses épaules menues. Henri se racla la gorge et commença lentement la lecture.

Entre les saules verts coule le fleuve bleu,
Où j'entends mon galant chanter sur un radeau,
Le soleil brille à l'est, à l'ouest il pleut,
Mon galant est amoureux, comme il fait beau.

Aurore applaudit et s'exclama :

- Encore !

Ravi, l'artiste la remercia d'un signe de tête, puis il récita le texte une deuxième fois. Aurore buvait chaque mot comme une eau divine. En recopiant le poème, Henri avait fini par le connaître sur le bout des doigts. L'unique spectatrice redoubla d'applaudissements.

- J'aimerais savoir écrire d'aussi beaux textes ! s'écria Aurore.
- Je vais d'abord vous apprendre à lire.

Une onde d'amour les enveloppait. Leur vie était faite d'insouciance. Henri murmura quelque chose à l'oreille d'Aurore, et elle se plia en quatre. Leur rire heureux résonna sur les toits de Paris.

9

1868 — Paris.

La cabane dans le jardin

Saison après saison, l'amour grandissait entre Louise et Edmond. En conséquence, Aurore et Henri passèrent aussi plus de temps ensemble. Désormais, les enfants accompagnaient leurs parents respectifs dans leur voyage. Ils découvrirent Nice, Cabourg ou encore Londres. Mais, où qu'ils aillent, leur lieu préféré restait la maison près du parc des Buttes du Chaumont. Pendant que les enfants grimpaient sur le grand saule vert au fond du jardin, Louise fleurissait l'allée qui menait du portail en fer jusqu'au seuil de la maison.

- Mère, que plantez-vous ? demanda Aurore, debout sur le côté, le bras passé autour l'épaule d'Henri.
- Des roses thé.
- Qu'ont-elles de différent par rapport aux autres roses ?
- Elles fleurissent continuellement au soleil et ont une fragrance exceptionnelle.

Louise cueillit une rose et la fit sentir à sa fille. Aurore feignait de respirer et s'exclama :

- J'aime ce parfum… si doux !

La petite essuya la tache de boue sur la joue de sa mère, puis attrapa la main d'Henri. Ensemble, ils disparurent au fond du jardin ombragé de saules pleureurs.

Le dimanche suivant, quand le marquis et Henri arrivèrent à la maison, Aurore les trouva différents par rapport à d'habitude, surtout Henri qui affichait un sourire espiègle sur sa bouille ordinairement sérieuse.

- Qu'avez-vous aujourd'hui, Henri ? s'étonna Aurore. Vous me semblez très excité !

- C'est un secret, et Henri n'a pas le droit de vous le dire, mademoiselle Aurore, s'immisça le marquis dans leur conversation. Dépêchez-vous, nous partons.

Quand la calèche s'arrêta devant le portail en fer, Aurore bondit sur le sol et sursauta :

- Quelqu'un a accroché une plaque sur le portail de notre maison !

Henri lui emboîta le pas, tout souriant.

- Dites-moi, Henri, qu'est-ce qui est écrit dessus ?
- Rose-thé, lut tout haut le garçon, sourire jusqu'aux oreilles.

Le marquis offrit son bras à Louise. Elle lui glissa un regard qu'aucun mot d'amour ne pouvait traduire.

***

Cet été-là, Aurore montra au marquis le dessin d'une cabane en bois qu'elle désirait voir construire au fond du jardin à Rose-thé.

Edmond s'émerveilla et le passa à Louise :

- Cette enfant excelle dans tout ce qu'elle entreprend. Admirez ce croquis ! Même un architecte ne l'aurait pas mieux dessiné. Il est parfait !
- Votre fils l'a certainement aidée, sourit Louise.
- Henri est un garçon ordinaire, loin d'être comparable à Aurore.
- J'aime beaucoup cet enfant, il est si affectueux.

Edmond fixait Louise d'un regard exaspéré.

Le marquis était un homme inflexible et froid. Cependant, avec Aurore, Edmond était aimant, affectueux. Il avait des mots gentils pour chaque situation et cédait souvent à tous ses caprices.

Le dessin était-il un coup de génie ou Edmond se laissait-il emporter par son amour pour Aurore ? Toujours est-il que le marquis fit venir des artisans pour construire cette cabane autour du saule pleureur choisi par les enfants eux-mêmes.

Quand l'édifice fut achevé, les heureux propriétaires fêtèrent dignement son inauguration avec des biscuits que Georgette avait soigneusement mis dans la boîte jaune en métal qu'Aurore avait offerte à Henri l'été de ses douze ans.

- Il faut trouver un nom pour notre cabane, suggéra Aurore.

Henri sortit de sa poche un petit couteau et commença à tracer des lettres sur le tronc d'arbre. Quand il eut terminé, il fit signe à la jeune fille de s'approcher.

Elle admira le travail de l'artiste et lut tout haut les deux initiales gravées :

- H. A.

Tout à coup, la porte d'entrée de la cabane s'ouvrit, un courant d'air s'engouffra à l'intérieur et souleva du sol un nuage de poussière de bois. Aurore se protégea le visage des mains. Trop tard : les débris étaient rentrés dans ses yeux. Elle les frotta fortement du revers de sa manche.

Henri retint les mains d'Aurore dans les siennes et s'inquiéta :

- Doucement, vous abîmez vos yeux en les frottant ainsi.
- J'ai si mal !
- Je sais… répondit-il dans un murmure presque inaudible.

Henri s'approcha d'Aurore, si près qu'il put entendre son souffle. Ensuite, avec les pouces et les index, il écarta ses paupières et souffla très fort. Surprise, elle fit un pas en arrière, clignant des yeux. À travers ses yeux embués par les larmes, Aurore regardait Henri. Soudain, il n'était plus le petit garçon qui lui apportait les biscuits. Mais, il avait changé !

Sans comprendre pourquoi, elle lui demanda :

- Henri, est-ce que je peux vous embrasser ?
- Oui.

Aurore posa ses mains sur le torse d'Henri et colla ses lèvres aux siennes. Les yeux clos, elle sentit les bras du jeune homme l'enlacer. Elle avait le souffle coupé.

C'était leur premier baiser : « Il est tant de beauté dans tout ce qui commence.[3] »

---

3 Rainer-Maria Rilke

10

1979 — Paris, Buttes du Chaumont

Quand mon père a appris qu'il n'était pas mon géniteur, il est devenu fou. Il a insisté auprès de ma mère pour savoir avec qui elle l'avait trompé, mais celle-ci refusait d'avouer. Il fit sa valise et claqua la porte à tout jamais sans plus donner de ses nouvelles.

Son départ provoqua une lamentable tragédie. Mes grands-parents, paternels et maternels, ne se parlaient plus et ma mère était en guerre contre sa belle-mère. La haine s'est abattue sur notre famille comme la peste. Maman n'avait jamais travaillé de sa vie et était financièrement entretenue par mon père. Ses économies s'épuisaient et elle devait s'endetter pour payer notre train de vie. Elle faisait en sorte de montrer que tout allait bien, mais je la surprenais quelquefois, cachant son visage dans ses mains pour pleurer.

C'était un rituel, chaque dimanche, nous allions déjeuner chez mes grands-parents, à Versailles. À la fin du repas, nous prenions le thé dans le salon pendant que ma grand-mère et ma mère discutaient de la pluie et du beau temps.

- Xavier et moi aimerions emménager à Rose-thé, lâcha un jour ma mère au milieu d'une conversation.

Ma grand-mère sursauta et renversa sa tasse de thé sur le canapé bleu royal où elle m'interdisait de poser mes fesses, de peur d'abîmer le précieux tissu.

- Mais ce pavillon est abandonné depuis des décennies. C'est une véritable ruine ! rétorqua-t-elle.
- Je ferai des travaux pour le rendre salubre.
- Comment ? Tu n'as jamais su faire quoi que ce soit de tes dix doigts ! Le petit est déjà sans père. Tu ne souhaites quand même pas qu'il devienne aussi orphelin !

Plus ma grand-mère hurlait, plus ma mère pleurait.

J'étais assis dans un coin de la pièce, mes yeux posés tantôt sur ma mère, tantôt sur ma grand-mère, et cherchant le regard de mon grand-père. Il se tenait debout, près de la fenêtre, les mains croisées dans le dos et ne participait pas à la dispute entre les deux femmes. C'était un homme peu bavard. Pendant longtemps, j'avais cru qu'il était sourd et muet. Tout à coup, j'ai entendu un grand bruit. Ma grand-mère venait de s'écrouler sur le sol et s'agitait en tous sens. Ma mère s'est précipitée vers elle, mais même dans la douleur, ma grand-mère continuait à maudire ma mère comme une pestiférée.

Je regardais mon grand-père, implorant. Mais, il ne bougeait pas. Son regard se perdait dans le jardin. Il semblait être ailleurs, comme s'il n'entendait pas le drame qui se déroulait autour de lui.

Maman a alors appelé une ambulance et a tenté une nouvelle fois de venir en aide à sa mère. Celle-ci ne s'agitait plus, mais est devenue raide comme un morceau de bois. Continuant à la fusiller du regard, la malade a martelé chaque mot :

- Tu sais que cette maison a été abandonnée depuis des générations. Si malgré tout, tu veux y habiter, alors ce sera à tes risques et périls. Sache que tu n'auras aucun soutien de ton père et moi.

Maman a lentement incliné la tête, lâché la main de sa mère, les yeux remplis de larmes, et m'a fait signe de la suivre tout en me tendant les mains. J'étais triste. J'ai crié :

- À dimanche prochain.

Silence.

J'ai compris que je ne les reverrais pas de sitôt.

Dehors, dans la rue, j'ai aperçu une ambulance qui s'approchait en hâte, laissant dans le ciel l'écho assourdissant de sa sirène. C'était la dernière fois que je voyais mes grands-parents. Je venais d'avoir dix ans.

11

2019 — Paris, Buttes du Chaumont

Lorsque j'aperçois mon reflet dans le miroir de la salle de bains, je comprends que l'inconnue de l'hôtel Étoile existe. Ces traces rouges dans mon dos prouvent qu'elle n'est pas le fruit de mon imagination. Je suis comme un condamné à qui le bourreau annonce : j'ai une bonne et une mauvaise nouvelle.

La bonne : je vis une histoire extraordinaire. À quarante ans, je croyais que plus rien ne pouvait me surprendre, et pourtant, si ! Vedi Napoli e poi muori, vois Naples et puis meurs ! Peut-être que j'atteins la fin de ma croisade et que la Belle est mon Graal.

Et la mauvaise, car il en faut toujours une pour assurer l'équilibre cosmique : la quantité du bonheur doit être égale à celle du malheur, je vais briser le cœur de Mei Gui Xïn, malgré ma promesse de la rendre heureuse à jamais. Je l'ai aimée dès notre première rencontre et cet amour ne cesse de grandir. Pourtant, moi qui suis un célibataire endurci et apprécie mon petit confort, très vite, je lui ai proposé d'emménager chez moi. Mais elle a refusé.

- Je n'emménagerai pas à Rose-thé.
- Mais pourquoi ?
- C'est comme ça. Dans la vie, il y a des questions sans réponses.

Pendant cinq ans, Mei Gui Xïn avait décliné toutes mes offres, y compris celle d'acheter un appartement ensemble. Et au moment où je rencontre enfin la quête de ma vie, elle accepte de s'installer chez moi.

Avant que le miroir de la salle de bains explose en mille morceaux, nous plongeant dans le noir, j'aperçois le visage terrifié de Mei Gui Xïn, pâle comme un linge, comme si elle avait vu passer un fantôme. Ensuite, elle s'enfuit comme une furie tandis que je marche à tâtons derrière elle. Arrivé au salon, je la retrouve accroupie sur le canapé, la tête cachée entre les jambes. Ses épaules tremblent. Elle est effrayée ou bien elle tente de retenir ses larmes, probablement un peu les deux.

J'aimerais venir m'asseoir à ses côtés, mais je n'ose pas. Alors je reste debout, à la regarder, torse nu, le dos appuyé contre le bar. Un calme pesant tombe entre nous. Au bout de quelques minutes, je romps le silence et j'avoue à Mei Gui Xïn la vérité. Tout, je lui raconte absolument tout ! Cachant son visage, elle écoute mon récit sans m'interrompre.

Pourquoi ne dit-elle rien ? Rien ! Aucun mot. Juste un silence mortel. J'ai toujours aimé son côté imprévisible. Mais ce soir, j'aimerais pouvoir lire en elle comme dans un livre ouvert. Ma petite amie devrait m'insulter ou me casser la gueule. Si c'était Hannah, elle serait déjà allée chercher une hache dans la cabane dans le jardin, pour me découper en petits morceaux et en faire le tcholent, qu'elle adore cuisiner pour les jours de pluie.

Soudain, Mei Gui Xïn lève son visage, toujours pâle comme un linge, et son regard égaré s'arrête sur ma main, là où le chat m'a griffé.

Tout ça, c'est la faute de ce putain de chat ! S'il ne m'avait pas griffé, je n'aurais pas fait tomber le téléphone et cette fille ne l'aurait pas ramassé.

C'est le chat !

J'accuse. Je suis dans le brouillard et cherche une sortie de secours.

Assume ! Je me parle à moi-même. C'est lâche d'accuser le chat. Sans lui, tu n'aurais pas rencontré cette inconnue. D'ailleurs, comment s'appelle-t-elle ? Pourquoi ne le lui ai-je pas demandé ?

Je regarde Mei Gui Xïn et vois ses lèvres bouger. J'entends bien les sons, mais je ne comprends pas un mot. Je secoue ma tête pour mettre de l'ordre dans mes pensées. Je me concentre. En vain. Quel désespoir ! Mon corps est ici tandis que mon esprit plane ailleurs. Tout m'échappe.

Puis, mon interlocutrice bondit du canapé, attrape son sac à main et quitte la pièce. Elle détourne la tête pour que je ne voie pas son visage, ou plutôt pour ne pas voir le mien.

J'essaie de la retenir, mais il m'est impossible de bouger ou de parler. Mes pieds sont cloués au sol, et mes lèvres cousues par des fils invisibles. Lorsque j'entends la porte d'entrée claquer bruyamment, je m'écroule par terre comme une marionnette dont on a coupé les ficelles.

- Il me faut des biscuits ! m'époumoné-je.

Je me précipite vers les placards, fouille et ressors un paquet de Petit Écolier, d'une efficacité absolue pour soigner du petit stress au gros chagrin d'amour.

Je déchire avec furie l'emballage, prends une pile de quatre et les engloutis d'un seul coup. Les craquements sous les dents chassent mes idées noires, et ce goût familier adoucit mon angoisse presque instantanément.

Je ne suis pas du style nostalgique. Cependant, il y a des souvenirs qui restent indélébiles, comme celui de mon premier jour d'école. J'avais peur et n'avais pas voulu lâcher la main de ma mère. Je chialais si fort que d'autres enfants sanglotaient en chœur. Une vieille dame aux cheveux blancs s'était penchée sur moi en ronchonnant :

- Ce n'est pas beau de voir un garçon pleurer !

Cette phrase restera gravée au plus profond de mon âme. Plus tard, dans ma vie d'adulte, quand j'ai envie de chialer, je repense à cette sorcière et mon cœur devient de marbre.

À travers mes yeux embués de larmes, j'avais aperçu une petite fille aux longs cheveux couleur de blé ; elle s'était approchée de moi et on m'avait questionné :

- Est-ce que tu aimes les biscuits ?
- J'sais pas, lui avais-je répondu en avalant la morve coulant de mon nez.

Elle m'en avait offert un et m'avait suggéré :

- Alors, goûte.

Tout en me parlant, la fillette m'avait pris la main, et m'avait entraîné à l'intérieur de l'école. Ma mère, apaisée, m'avait fait un signe discret et m'avait envoyé un baiser. Je lui avais souri, pour la rassurer. Le lendemain, j'ai cherché cette copine dans la classe, dans la cour de récréation, partout ! Mais je ne l'ai pas retrouvée. J'en ai parlé à ma mère, mais elle ne se souvenait pas d'une fillette ce jour-là. J'étais inconsolable. Alors, pour adoucir mon chagrin, maman remplissait le placard de notre cuisine de paquets de Petit Écolier. Dès lors, ces biscuits accompagnent mes moments de joie et de peine.

Quand une vieille branche frôle le toit de la maison et produit un horrible bruit de grincement d'ongle sur un tableau noir, je suis projeté directement dans la chambre 401. Les griffures dans mon dos me brûlent de nouveau. Je m'étouffe. J'ai besoin d'air. Je sors en courant de la maison. Arrivé sur le palier, je m'étale sur le banc en bois, poussé contre la façade. Les yeux levés vers le ciel noir qu'éclaire la pleine lune, je laisse échapper une longue jérémiade :

- Paris, aide-moi !

Cette ville de lumière veille sur ses habitants et ne laisse jamais personne dans une obscurité totale, il y aura toujours un éclairage tombant des réverbères, les fenêtres des appartements, les feux des voitures…

Je me place à la verticale, la tête penchée en arrière et les mains derrière la nuque. Le vieux banc grince au moindre de mes mouvements. Il est aussi ancien que cette maison. Quand ma mère et moi avions emménagé ici, c'était une ruine. Maman avait dû jeter tous les meubles rongés par les rats ou la vermine. Il a fallu plusieurs camions pour tout débarrasser. Pendant que les déménageurs s'activaient, je m'étais assis sur la banquette, à observer leurs allers-retours. Puis, un de ces hommes s'est dirigé vers moi avec un pied-de-biche. De sa grosse voix, il m'a ordonné :

- Bouge, petit ! Je dois démonter ce machin pourri !
- Non ! Ce banc n'est pas à jeter.

Il a haussé les épaules, indifférent, et s'est dirigé vers le camion chargé à ras bord. Il a échangé quelques mots avec le conducteur, qui m'a jeté un regard bref, puis a haussé à son tour les siennes. Le poids lourd a démarré et s'est éloigné au coin de la rue.

Plus tard dans la soirée, ma mère est venue me chercher. Les cheveux blanchis de poussière, elle portait des gants verts en caoutchouc. À la vue du banc, ses yeux se sont arrondis et elle a rugi :

- Mais ils ont oublié d'enlever cette banquette !

- C'est moi qui leur ai demandé de me la laisser.
- Pourquoi ?
- J'aime ce banc, maman.

Je lui ai lancé un regard suppliant. J'ignorais pour quelle raison, mais, dès le premier jour, je m'étais attaché à ce bout de bois vieux de plusieurs siècles.

- Trésor, il est tout abîmé, et en plus, il lui manque un pied !

Elle a poussé un long soupir et m'a entraîné à l'intérieur.

- Va te laver pendant que je prépare notre dîner.

Mes grands-parents prétendaient à tort que ma mère ne savait rien faire de ses dix doigts. Elle avait transformé cette ruine abandonnée en un nid douillet pour elle et pour moi, redonnant même à ce banc défraîchi une seconde vie. Maman avait passé des heures de ponçage pour enlever la vieille couche de vernis avant de le peindre en bleu, la couleur de mes yeux. Quant au pied manquant, elle y substitua une pile de cailloux plats ramassés durant notre promenade dans le parc des Buttes du Chaumont.

Plus tard, Mei Gui Xïn lui offrit un relooking haute couture avec des coussins faits sur mesure. Personne ne pouvait dire qu'il était bon pour la casse.

***

Le bruit soudain du vent dans les branches me surprend. Pourquoi se lève-t-il par cette nuit calme ? Je parcours le jardin du regard et aperçois une silhouette féminine derrière le portail en fer. Je plisse les sourcils. Le rythme de mon cœur s'accélère.

Un long grincement résonne dans la nuit. La porte s'ouvre. Une ombre blanche se glisse à l'intérieur et s'avance vers moi.

Je me redresse, le souffle coupé.

- C'est elle ! Je la reconnais entre mille ! sursauté-je.

Les griffures dans mon dos nu se mettent à me brûler de nouveau. Quand Mei Gui Xïn a dégrafé ma chemise et l'a glissée sur le sol de la salle de bains, les évènements se sont enchaînés et je n'ai pas eu la présence d'esprit de me couvrir. J'hésite entre filer me chercher un t-shirt ou ne pas bouger et profiter chaque seconde de sa présence.

La visiteuse nocturne s'arrête au milieu de l'allée fleurie, penche légèrement la tête et prend une profonde inspiration. Je devine que le parfum des fleurs retient ses pas. Lorsque j'emprunte ce chemin, je m'arrête toujours un instant pour respirer l'odeur des roses. Puis, en un clin d'œil, elle se tient devant moi, le sourire espiègle aux lèvres.

Comment se déplace-t-elle si vite ?

La jeune femme fixe mon torse nu, mais détourne rapidement son regard. Il me semble que la vision la trouble. Alors ses yeux se dérivent sur l'objet derrière moi :

- Je ne reconnais plus ce banc ! s'exclame-t-elle.

Serait-elle déjà venue à Rose-thé ? Évidemment, sinon comment saurait-elle que mon vieux banc a été relooké !

Des questions sans réponses jaillissent dans ma tête.

- Flaubert est content de vous revoir.

Flaubert est certainement la balance qui lui a donné mon adresse !

Elle vient s'asseoir à mes côtés, se sert naturellement un biscuit du parquet que je tiens dans la main.

- Aimez-vous toujours les biscuits au beurre ? me demande-t-elle.

Sa voix me projette dans le passé, trente-quatre ans en arrière, devant la porte de l'école primaire où je me rendais pour la première fois. C'était donc elle ! Cette voix n'a jamais cessé de résonner dans ma tête.

Elle enchaîne :

- Racontez-moi votre visite de cet après-midi.

Depuis son arrivée, je suis resté muet, impossible de trouver les mots, alors que je suis agent commercial !

- J'ai vu le portrait de l'arrière-arrière-grand-mère du proprio, datant dans les années 1900, mais on dirait que c'est vous.

Les premiers mots sortent de ma bouche. Enfin !

- Je vois ! Je me souviens que vous avez accusé le peintre de ne pas avoir rendu justice à ma beauté.

Elle explose de rire. Je ris aussi alors qu'en réalité j'ai plutôt envie de pleurer de désespoir.

Qui est-elle ?

Pourquoi est-ce que je ne me rappelle pas le souvenir dont elle me parle ?

Je cherche.

Je creuse dans ma mémoire, mais hélas rien, je ne me rappelle vraiment pas comment j'ai pu formuler une critique artistique alors que moi-même je suis incapable de faire la différence entre Monet ou Degas. Je suis complètement amnésique !

Elle prend un deuxième biscuit et le gobe tout entier. Encore un flash-back me revient : celui d'une petite fille, couchée sur les coussins douillets d'une terrasse ensoleillée, qui plonge sa main dans le sac et en sort un biscuit en le mâchant bruyamment.

La belle visiteuse se love au fond de la banquette et plie ses genoux contre sa poitrine. Elle couvre ses jambes fines avec sa longue robe crème, celle qu'elle portait quand je l'ai vue pour la première fois. Ses gestes sont lents et gracieux. Le parfum de ses cheveux m'enivre. Il a la même fragrance que les roses thé de mon jardin, légèrement musqué et boisé. Je m'approche et pose mon nez sur son front.

Je me sens tout étourdi.

Elle redresse le menton et m'embrasse. Pendant des décennies, j'ai cherché la douceur d'un tel baiser, mais sans aucun succès.

Je caresse son visage et replace une petite mèche de ses cheveux derrière l'oreille. Puis, mon index dessine le contour de ses lèvres que je connais par cœur. Les yeux fermés, elle laisse mes mains se promener sur son corps. Au clair de lune, cette inconnue est encore plus belle que dans ma mémoire.

Nos doigts s'enlacent. Je la tire vers moi et l'Hymne à l'amour résonne soudain dans ma tête : « Le ciel bleu sur nous peut s'effondrer et la terre peut bien s'écrouler… »

Une sensation inédite, indescriptible m'envahit, plus brûlante qu'un orgasme, plus intense que tout ce que j'ai connu. Je suis Ulysse qui rentre chez lui après des années d'errance. J'aimerais embrasser chaque millimètre carré de son corps. Je pétris les rondeurs de ses seins, puis glisse ma main vers le bas de son ventre. Mes doigts pénètrent un pubis épais. Une pensée bête me fait sourire : je croyais que ces pelages étaient en voie disparition, que les poils pubiens ne poussaient plus sur les parties intimes des femmes, sinon sous forme d'un ticket de métro.

Son corps devient lourd et sa respiration régulière. Je la regarde sommeiller. On dirait qu'elle n'a pas dormi depuis des siècles. Mes paupières aussi sont lourdes, mais j'essaie de lutter contre Morphée. Je fredonne une chanson, j'ai oublié de qui, je ne me rappelle plus que les paroles : « Moi, je n'étais rien et voilà qu'aujourd'hui je suis le gardien du sommeil de ses nuits, je l'aime à mourir… »

Je vois un sourire se dessiner sur son visage.

M'entendrait-elle chanter entre ses rêves ?

Elle se love tout contre moi. Je savoure ma chance de la retrouver et de pouvoir la serrer enfin dans mes bras, en contemplant l'arrivée du jour. La belle enroule ses jambes autour des miennes et fait grincer le banc. Le grincement surprend quelques papillons dormant au bord de la fenêtre. Ils s'envolent et disparaissent dans l'obscurité de la nuit. Moi aussi je suis surpris par la froideur de ses pieds. Je frémis.

Cold feet. Warm heart, me dirait Mei Gui Xïn.

Mais comment Mei Gui Xïn est-elle arrivée dans mes pensées pendant que je serre une autre femme dans mes bras ?

À cet instant précis, le premier rayon de soleil s'infiltre à travers les feuillages et vient éblouir mes yeux. En même temps, un vent glacial souffle sur nous. Une main invisible arrache la jeune femme allongée contre moi comme on ôte un drap posé sur un corps nu. Je me réveille en sursaut. La lumière matinale m'inonde de sa fraîcheur. Je m'aperçois que je suis comme un homme après l'amour, tout imprégné de fluides corporels et de cyprine. Je cherche la visiteuse nocturne des yeux. Cependant, elle se volatilise avec l'arrivée de l'aurore et, de nouveau, disparaît de ma vie.

12
1854 — Paris.

Flaubert

Dès que Flaubert vit le marquis sortir de l'immeuble, il se précipita pour lui ouvrir la portière.

- Allons au Bon Marché, j'aimerais faire quelques courses, et acheter de quoi vêtir la petite.

Le cocher referma la porte et se hâta de reprendre sa place devant la calèche. Il donna quelques coups nerveux aux chevaux et engagea la calèche sur le boulevard. Une lueur d'inquiétude passa dans ses yeux. Il était au service de la famille Fabel d'Estremeau depuis plusieurs décennies, et il avait vu naître Edmond, mais c'était la première fois que celui-ci lui adressait un sourire. Depuis son enfance, le marquis était si froid et si dur qu'il semblait avoir été taillé dans le marbre.

Que s'était-il vraiment passé derrière les murs de cet immeuble ? Y aurait-il un sorcier capable de transformer un corbeau en colombe ?

Indéniablement, son patron n'était plus le même homme. Ses yeux brillaient. Sa démarche était légère. Un air heureux flottait sur le visage.

Le cocher se murmura à lui-même, incrédule : vêtir la petite.

C'était juste improbable. Avait-il mal compris ? D'habitude, c'était Mme la marquise qui s'occupait de ces tâches-là. Et puis, la famille Fabel d'Estremeau avait une couturière attitrée, qui se déplaçait jusqu'au domicile pour prendre les mesures. Néanmoins, Flaubert n'osa pas faire répéter le marquis. La dernière fois qu'il lui avait proposé de le ramener chez lui parce que celui-ci était ivre mort, il avait reçu des coups sur la tête jusqu'au sang. Depuis ce drame, Flaubert exécutait ses ordres, sans chercher à en savoir plus.

Lorsque la calèche s'arrêta devant l'entrée principale du Bon Marché, le marquis ordonna à son cocher :

- Accompagnez-moi.

Flaubert était perdu. Il plissa ses sourcils et se demanda s'il l'avait bien entendu.

Jamais, de toute sa vie, il n'avait osé rêver de côtoyer un des hommes les plus prestigieux de Paris dans un lieu public. Sa place était à l'ombre, avec les chevaux. Le cocher renifla par contenance. Tout à coup, il se trouvait sale et il empestait l'odeur des bêtes. Néanmoins, il ne se hasarda pas à contrarier le marquis.

Il répondit donc :

- Oui, monsieur.

Flaubert confia la calèche au gardien du grand magasin et suivit le marquis. Il tournait la tête à droite puis à gauche, clignant des yeux sans cesse. Georgette lui avait parlé de cet établissement, mais tout ce qu'il voyait ici dépassait de loin son imagination. Un monde ostensiblement faste s'ouvrait à lui.

Le cocher sentait d'innombrables regards se tourner sur leur passage. Les femmes adressaient leur plus beau sourire au banquier, tandis que les hommes inclinaient légèrement la tête en soulevant leur chapeau. Certains le dévisageaient, néanmoins ils lui esquissaient un petit sourire bienveillant. Flaubert bombait le torse et marchait droit derrière son patron. Certes, il n'était que son ombre, mais cela suffisait pour illuminer sa journée.

Ils arrivèrent devant le rayon lingerie, la vendeuse proposa au marquis des brassées de dentelles, des robes de chambre en soie et beaucoup d'autres articles dont l'utilité laissait Flaubert perplexe. Cependant, son patron adressa un hochement de tête approbateur.

La vendeuse s'exclama, joyeuse, comme si ces vêtements lui étaient destinés :

- Monsieur est connaisseur. Toutes les femmes rêvent de porter ces pièces rares.

Puis, elle appela plusieurs de ses collègues pour lui venir en aide.

- Où est le rayon jouets ? demanda soudain le marquis.
- C'est au quatrième étage, monsieur. Laissez-moi vous y conduire.

Quelques heures plus tard, les deux hommes quittaient le Bon Marché, accompagnés de deux vendeuses, les bras chargés. Flaubert s'installa sur son siège de cocher et lâcha tout haut ce qu'il pensait tout bas :

- Comment font les femmes pour passer toute la journée dans cet enfer ?
- Effectivement, je me pose la même question.
- Où allons-nous, monsieur ?
- Conduisez-moi à la maison, puis rapportez ces paquets à Mme Martin et, il fit une pause avant de poursuivre, ce jouet à la petite Aurore.
- Comme monsieur voudra.

La voix du marquis se chargea d'émotion quand il remit à Flaubert la poupée joliment emballée. Il aurait aimé les apporter lui-même, mais il était encore hanté par les souvenirs d'un appartement vide sans trace de vie. Maintenant que Louise était revenue, il ne la laisserait pas s'enfuir une nouvelle fois.

13

1830 — Paris.

Le mariage d'Éléonore et Edmond

Éléonore Langlois de Castres était la cadette d'une fratrie de trois. Dès l'âge de douze ans, elle avait été envoyée en internat pour jeunes filles aristocrates. Elle n'avait pas une beauté à couper le souffle ni un physique exceptionnel. Sa personnalité effacée et timide ne lui avait pas été d'une grande aide. Sa vie au pensionnat n'était pas une période mémorable et elle n'avait ni amies ni confidentes. Ses journées étaient remplies de prières, d'obligations, d'interdits et de cours de lecture ou de couture. Deux fois par an, elle passait les vacances d'été et les fêtes de fin d'année avec ses parents et ses frères. Son avenir était tracé depuis le berceau. Elle était promise à Edmond Fabel d'Estremeau, le fils unique du cousin éloigné de son père.

Elle ne s'interrogeait guère sur la beauté de son futur époux ni sur sa vertu. De lui, elle espérait simplement qu'il lui fasse de beaux enfants.

Edmond, non plus, n'attendait pas grand-chose de ce mariage arrangé. De son épouse, il souhaitait bonnement qu'elle lui donnât un héritier. De ce point de vue, il avait été chanceux, car Henri était venu au monde très rapidement après les noces.

Jour après jour, la distance se creusait entre les époux. Edmond n'avait rien de personnel contre Éléonore et il ne la délaissait pas non plus pour une autre femme. Sa jouissance, il la tirait de son travail à la banque, une affaire familiale qu'il avait héritée de ses défunts parents.

- Mon cher époux. Pourquoi m'éloignez-vous ? Ne m'aimez-vous plus ? demanda Éléonore, attristée.
- Je ne vous comprends pas. Nous savons tous les deux que notre mariage est un souhait de nos parents respectifs.

Edmond préférait dire la vérité, même si elle devait blesser, c'était toujours mieux que le mensonge qui tue.

Éléonore était philosophe, elle se consolait en se disant que dans son malheur, la Vierge Marie lui avait donné un bon fils.

Leur mariage était d'un ennui sans nom jusqu'à la venue de Louise. Depuis lors, l'épouse remarqua des changements dans les comportements de son mari. Elle l'avait surpris devant le miroir, à ajuster sa veste ou arranger ses cheveux. Effectivement, Edmond avait changé. Pour la première fois de sa vie, le marquis avait découvert l'amour. Quand il s'était marié avec la cadette de la famille Langlois de Castres, il ne s'était pas posé de question d'ordre existentiel ou romanesque. Il avait fait confiance au prêtre :

- Tu verras, mon fils. L'amour viendra après le mariage.

Cette union ne tint pas sa promesse, le marié n'avait pas trouvé la passion chez son épouse. Alors il se consolait en se disant que peut-être il serait touché par l'amour paternel. Encore une désillusion. L'arrivée d'Henri n'avait pas fait pétiller son ordinaire existence, jusqu'au jour où il croisa Louise sur sa route.

Cependant, le bonheur d'Edmond n'avait duré que trois saisons, puis tout avait soudain basculé. Sa maîtresse disparut sans laisser de trace. Le Tout-Paris se passionna pour la descente aux enfers du marquis. Beaucoup riaient de son malheur :

- C'est le retour du bâton. Il n'a jamais fait de cadeaux à ses débiteurs et a mis dans la rue des familles entières, sans aucune pitié. Il n'a que ce qu'il mérite.

Étrangement dans toutes ces médisances, personne ne s'intéressait à Éléonore ni aux douloureuses épreuves qu'elle traversait. C'était l'indifférence totale pour cette épouse trompée, humiliée et battue. En proie à une souffrance insoutenable, la femme vit son mari tomber amoureux d'une courtisane, puis se détruire à cause d'elle.

14

1854 — Paris.

Le bonheur des uns n'est pas toujours le malheur des autres

De la fenêtre du salon, Éléonore épiait son mari. Celui-ci discutait avec le cocher en faisant de grands gestes, tout en souriant. La calèche démarra en direction de Pigalle au lieu de rentrer à l'écurie.

Elle s'inquiéta.

Que se passe-t-il ?

Son mari ne se mêlait jamais au personnel et se contentait de signes de tête. Levant les yeux, le marquis aperçut la silhouette de sa femme derrière les tentures. Paniquée, celle-ci fit un pas en arrière, hésitant entre s'enfermer dans la chambre ou l'accueillir.

L'homme s'avança vers la porte d'entrée. Éléonore entendit les pas pressés de son époux résonner dans les escaliers. Son cœur se serra. Elle avait du mal à respirer et croisa les bras sur sa poitrine, comme pour se protéger d'une force meurtrière. La température de son corps augmenta. Sentant venir les larmes, elle parcourut la pièce du regard, cherchant son fils. Si une scène de violence survenait, il ne faudrait pas qu'il en soit témoin.

D'instinct, la maîtresse de maison appela la gouvernante à son secours. Son corps se souvenait encore des coups reçus.

- Georgette ! Georgette !

La porte du salon s'ouvrit brusquement et son époux apparut. À pas lents, il s'approcha d'elle, jeta sa canne par terre et l'étreignit. Éléonore resta paralysée, tremblante de peur.

- Ma chère. Pardonnez-moi pour tous les maux que je vous ai infligés.

Le corps d'Edmond vibrait et les larmes coulèrent sur la nuque dénudée d'Éléonore.

- Mon mari, racontez-moi ce qui vous arrive.

- J'aimerais recommencer une nouvelle vie.

Il poursuivit :

- Et réparer mes erreurs.

Georgette arriva en courant et se planta devant cette scène improbable : monsieur et madame la marquise serrés l'un contre l'autre, en pleurs, debout au lieu du salon. La domestique en resta bouche bée. L'incompréhension marqua son visage. D'un signe de tête et le sourire aux lèvres, Éléonore lui indiqua qu'elle pouvait se retirer. La gouvernante s'exécuta et s'en alla sur la pointe des pieds, les yeux subitement remplis de larmes. Le bonheur est une maladie contagieuse que tout le monde rêve de contracter.

***

Cette nuit-là, Edmond rejoignit sa femme dans sa chambre. Assise sur son lit, Éléonore lisait. Surprise, elle le fixa du regard. Le marquis était vêtu d'un peignoir en soie. Ses cheveux n'étaient pas attachés et tombaient sur ses épaules. Il s'approcha d'elle et lui prit le volume des mains.

- La Dame aux camélias, lut-il tout haut. Vous souvenez-vous que j'avais organisé la vente des biens de Marie Duplessis après son décès ?
- Oui, bien sûr. Le Tout-Paris y était.
- Il semblerait qu'Alexandre Dumas fils ait donné les traits de Mme Duplessis à Marguerite Gautier.

Le marquis posa le livre sur la table de chevet, et vint s'asseoir sur le lit. Éléonore se glissa sur le côté pour lui faire une place. Le rythme de son cœur s'accéléra aux frôlements de leurs corps. Sa respiration devint de plus en plus haletante. Il ne la touchait plus depuis bien longtemps. Elle attendit, impatiente. Puis, comme on enlève les pétales d'une marguerite, Edmond dégrafa la chemise de nuit de son épouse, puis effleura le bout de ses seins menus. Une lumière douce baignait dans la pièce. C'était la première fois qu'il les regardait vraiment. Ensuite, il caressa son entre-jambes. Éléonore se laissa emporter par une vague de plaisir qu'elle n'avait pas vue venir.

Une fois leurs corps épuisés par les bouleversements d'improbables retrouvailles, ils s'endormirent paisiblement, serrés l'un contre l'autre.

Les rayons du soleil s'infiltraient à travers les lourdes tentures, réveillant Éléonore. Dans cette lumière matinale, elle regarda Edmond dormir. Sa respiration était régulière. Les traits de son visage étaient reposés. Cet homme lui avait fait verser tant de larmes et malgré tout, elle l'aimait profondément. Elle vint se lover dans les bras de son époux et pensa à ce qui s'était passé cette nuit.

La réapparition de cette demi-mondaine avait sauvé son mari de l'enfer du vice, mais elle avait aussi soufflé sur son foyer un nouveau vent d'espoir.

- Louise, que Dieu vous bénisse, pria ardemment Éléonore.

15

2019 — Paris, Buttes du Chaumont.

La maison hantée

Mei Gui Xïn sort hâtivement de la salle de bains et s'effondre sur le canapé. Elle ramène ses genoux contre sa poitrine, le visage caché entre les jambes. Elle secoue continuellement la tête.

Je lui emboîte le pas. Arrivé au salon, je me tiens un peu à l'écart. Je l'observe. Elle tremble de tout son corps. Elle a peur. Elle sanglote. Ou les deux à la fois. Lorsque je finis de lui avouer ma folle journée, elle lève son visage et me regarde enfin.

Je vois ses lèvres bouger, mais je ne comprends pas un seul mot. Le timbre de sa voix, que je connais pourtant si bien, ressemble maintenant à un long écho, tourbillonnant dans l'espace vide du salon, avant de se dissiper derrière la baie vitrée et disparaître dans les feuillages des saules pleureurs.

Ma petite amie se lève et attrape son sac à main. Passant devant moi, elle détourne légèrement son visage, fuyant mon regard ou cachant le sien. Néanmoins, je peux y lire de l'angoisse.

Une fois la porte d'entrée refermée, la jeune femme affolée court dans l'allée fleurie et pousse violemment le portail en fer. La plaque portant le nom de maison tombe sur le sol avec un bruit assourdissant dans ce quartier résidentiel paisible.

Les roses ont un parfum de mort ce soir, pleure-t-elle.

Arrivée dans la rue, Mei Gui Xïn ralentit le pas et se met à hurler. Elle imagine Xavier embrassant une autre femme et plisse les yeux, car une flèche vient de lui percer le cœur. Mille questions se pressent dans sa tête. Elle se remémore la scène de la salle de bains et s'étrangle :

- Respire… s'ordonne-t-elle. On reprend tout depuis le début. Dans le miroir, il y avait la fille de l'hôtel, frêle, en longue robe crème.

Continuant à fouiller dans ses souvenirs, elle s'interroge :

- Pourquoi le dos de Xavier n'a-t-il aucune trace tandis que son reflet dans le miroir est marqué de griffures ?

Elle nage dans le brouillard et rumine :

- Je me tenais là, à côté de Xavier, alors pourquoi est-ce que je ne voyais pas mon reflet dans le miroir ?

Elle marque une pause et s'expose :

- J'ai toujours su que Rose-thé était une maison hantée !

La jeune femme est déboussolée et lève les yeux au ciel. Elle espère que la lune lui enverra un signe. Cependant, l'unique voix qu'elle entend, c'est celle de l'héroïne et son irrésistible promesse d'un monde sans douleur. La malheureuse se met à courir dans la nuit sombre, sans se soucier de l'endroit où ses jambes vont la porter.

16

1989 — Macao.

De tout mal un bien doit sortir.

Dans un casino, à Macao, une femme enceinte jusqu'au cou jouait au poker. La partie était serrée. Au milieu du tapis vert, les joueurs misaient tous les jetons pour gagner. La veille, elle avait beaucoup perdu. Aujourd'hui, elle espérait au moins récupérer sa mise. La joueuse scrutait le moindre geste de ses adversaires. La future maman ne ressentait plus les douleurs dans le dos ni les coups de pied que son bébé lui décochait dans les côtes. La tension était à son point culminant, son cerveau bouillonnait, cependant, s'il fallait passer encore une nuit ici, alors elle y resterait. Deux ans auparavant, elle était croupière dans un casino avant d'épouser le grand patron de vingt-cinq ans son aîné. La joueuse savait que pour gagner il fallait de la chance. Et, celle-ci lui avait souri ce jour-là, elle avait remporté la partie, grâce à un extraordinaire coup de bluff.

- Mother Fuck ! Who's the best?

La gagnante hurlait sa victoire aux perdants, des habitués : un Singapourien, un Australien et une personne de couleur dont nul ne connaissait le pays d'origine.

- You ! lui répondit l'Australien. I will have my revenge next time.

Il lui fit un High Five amical avant de quitter la table d'un pas lourd.

Le croupier échangea les jetons de mille dollars contre ceux de dix mille dollars et glissa deux hautes piles vers la gagnante. Celle-ci lui en avait balancé une. L'employé du casino s'inclina jusqu'au sol en la remerciant sans cesse.

- Xie xie, Boss !

Elle était excitée et son euphorie avait provoqué un excès d'adrénaline, faisant éclater la poche des eaux dans laquelle baignait son bébé. D'une main, elle jeta les jetons dans son sac Hermès et de l'autre, elle caressa son ventre. Une contraction la saisit, suivie aussitôt d'une deuxième. Son corps oscillait à droite puis à gauche comme un automate. Quand la douleur devint insoutenable, elle lâcha son Birkin et s'agrippa des deux mains au dossier de la chaise. Le croupier appuya discrètement sur le bouton d'alarme caché sous la table, levant les yeux vers la caméra dissimulée dans le très cher lustre en cristal de Murano. Il fit quelques signes codés, puis se précipita pour aider la joueuse. Désormais, le sang mêlé au liquide amniotique coulait le long des jambes de la jeune femme et imprégnait l'épais tapis au sol. La maman broyait la main du croupier. Tous les deux hurlaient en chœur. Les agents de sécurité et le médecin arrivèrent sur les lieux et installèrent la patiente sur la table. Ainsi, Mei Gui Xïn était venue au monde au même moment où se levait le jour, sur une table de jeu, sous les yeux des joueurs venus tenter leur chance.

Talis mater, qualis filia. L'amour des jeux coule dans les veines de Mei Gui Xïn. L'enfant des casinos excelle dans tous les jeux de cartes : poker, black jack, bridge. Et la liste n'est pas exhaustive.

- Tôt ou tard, Mei Gui Xïn reprendra le business, autant qu'elle s'entraîne, dit fièrement sa mère à une joueuse autour d'une partie de mah-jong.

Cependant, ce dont Mei Gui Xïn raffolait c'étaient les soirées privées, où l'alcool coule à flots et les drogues se dégustent comme des pâtisseries fines. Depuis ses seize ans, l'enfant gâtée brûlait ses narines avec de la coke.

Puis, un soir, la domestique la retrouva inconsciente sur le carrelage de la cuisine de leur palace, le visage pâle et les yeux révulsés. Mei Gui Xïn ne respirait presque plus. Un liquide visqueux sortait de sa bouche. Elle fut transportée aux urgences, puis ses parents l'envoyèrent dans un centre de désintoxication.

Trois mois s'écoulèrent, les médecins attestèrent qu'elle était clean et lui donnèrent l'autorisation de rentrer. Deux heures plus tard, l'enfant gâtée était retombée. Une ambulance vint la ramasser agonisante sur le sol des toilettes d'un restaurant huppé. De nouveau, la droguée fut transportée aux urgences et réintégra la même clinique quelques jours après. Voulant éloigner leur fille de ses mauvaises influences, les parents décidèrent de l'envoyer à Paris, dans une clinique réputée pour sa méthode de désintoxication des drogués fortunés. Cependant, ce ne sont pas les médecins qui sauvèrent Mei Gui Xïn de l'enfer de la dépendance, mais plutôt son amour pour la langue française et la haute couture. Elle quitta la clinique et intégra une prestigieuse école de stylisme.

17

1852 — Paris.

Le retour de Louise Martin

Le Tout-Paris s'enflammait pour la pièce d'Alexandre Dumas fils, La Dame aux camélias, jouée au théâtre du Vaudeville. Edmond vit là une occasion d'annoncer le retour de Louise.

Fidèle à lui-même, le marquis voulait que cet évènement soit à la hauteur de sa réputation, mais aussi de son amour pour sa maîtresse. Il demanda au jeune couturier Charles Frederick Worth de lui confectionner la robe qui ferait pâlir de jalousie ces dames qui, dans un passé pas si lointain, n'avaient pas daigné la regarder. Le marquis avait connu Worth alors que celui-ci travaillait encore comme vendeur dans une mercerie rue Richelieu. Le banquier était impitoyable envers ses débiteurs, mais il était aussi un homme d'affaires avisé. Son flair pour détecter de jeunes talents était infaillible et il n'hésitait pas à investir de grosses sommes d'argent s'il jugeait un retour sur investissement possible. Quand le jeune couturier lui avait confié son projet d'ouvrir sa propre maison de couture, le marquis avait saisi l'opportunité pour son intérêt personnel, mais par la même occasion, il avait propulsé le jeune talent au sommet. Aussitôt dit aussitôt fait. Le tailleur créa le chef-d'œuvre commandé avec les tissus les plus nobles et luxueux existant sur le marché. C'est dans le détail qu'on reconnaît la perfection ; la robe fut livrée avec une paire de souliers assortie.

Quand vint le soir du spectacle, Flaubert arrêta la calèche devant immeuble des Batignolles, Louise était déjà descendue de son appartement, en pleine discussion avec le concierge. Edmond bondit hors de la voiture. Elle se retourna et lui sourit. Le gardien fit maladroitement une révérence au marquis et suivit Louise du regard. Depuis l'emménagement de la jeune femme dans cet immeuble, il ne l'avait jamais vue aussi heureuse.

L'aristocrate lui offrit son bras.

- Ma chère, vous ai-je dit à quel point je vous trouve belle ?
- Merci, monsieur le marquis. Oui, vous m'avez déjà complimentée. Mais, répétez-le-moi.

Flaubert ouvrit la portière, le dos droit et la poitrine gonflée.

- Bonjour, madame.
- Bonjour, Flaubert. Aurore a adoré les biscuits d'Henri, elle n'en avait jamais goûté de si délicieux.

Edmond remonta la traîne de la robe et aida sa cavalière à monter en voiture. Puis, il jeta un regard sombre à son cocher. Celui-ci, pris de panique, baissa les yeux et s'empressa de prendre sa place.

Lorsque le couple arriva à Vaudeville, tous les regards se tournèrent vers les amants. La surprise se lisait sur tous les visages. Auparavant, le marquis n'aurait pas apprécié de se retrouver dans l'ombre d'une courtisane. Et pourtant, à cet instant, il ressentit un plaisir extrême.

Le richissime Geoffroi Saint-Martin s'avança vers eux et baisa la main de Louise :

– Ma chère. Je suis heureux de vous revoir. Je me suis souvent demandé où vous étiez.

- Mon cher Geoffroi. Le plaisir est partagé. Vous me semblez en pleine forme et toujours aussi élégant.

L'individu éclata d'un rire sonore satisfait, puis se tourna la tête vers Edmond :

- Monsieur le marquis, vous ne doutez pas que tous les hommes ici présents, moi le premier, aimeraient être à votre place.

Edmond esquissa un petit sourire courtois. M. Saint-Martin, posant sa main ridée sur le collier qui ornait le décolleté de Louise, la complimenta :

- J'avais offert ce bijou à Mme Duplessis. Mais je dois avouer qu'il a été taillé pour vous, ma chère.

Le lendemain, Worth reçut une vingtaine de commandes. Elles exigeaient toutes la même robe que celle de la demi-mondaine aperçue au théâtre du Vaudeville, mais en plus luxueuse.

Pendant ce temps, dans tous les salons mondains parisiens, les langues se déliaient :

- Cette courtisane avait dû fuir Paris pour protéger le têtard qu'elle portait, ricanait une commère, en buvant sa tasse de thé fumant, le petit doigt pointé en l'air.
- On ne saura jamais qui est le géniteur.

Ces marâtres s'esclaffèrent.

- Mesdames, la maternité l'a rendue encore plus belle et rayonnante. Maintenant qu'elle est de retour, je vous conseille de bien surveiller vos maris ! intervint une autre de ces vipères.

Un silence de mort s'abattit. Puis, l'une d'elles gloussa :

- Et la marquise ?
- Éléonore Fabel d'Estremeau ? Une femme si pieuse…

***

Depuis l'apparition de Louise au théâtre du Vaudeville, la locataire du quatrième étage de cet immeuble modeste des Batignolles recevait de nombreuses visites d'hommes. Parmi eux, d'anciens amants, et de nouveaux aussi. Tous venaient déposer leur cœur aux pieds de la courtisane. De toute sa carrière de concierge, Gaston n'avait jamais eu l'occasion de côtoyer du beau monde. Il ne savait plus où donner de la tête. Il devait demander à sa femme de l'aider à porter les parquets. En échange de quelques renseignements, les invités le gratifiaient d'une ou deux pièces. Grâce à Louise, sa vie misérable devint de moins en moins pitoyable.

Ce matin-là, en sortant de chez sa maîtresse, Edmond remarqua une évidence qui lui avait échappé. Il ne reconnaissait plus ce lieu. Tout avait changé. Lors de sa première visite, l'appartement était dépourvu de meubles. Désormais, de belles tentures de velours encadraient des fenêtres, il y avait des tableaux de maître aux murs, des sculptures, une table de dîner en bois rare, des lustres aux plafonds, d'épais tapis au sol… Même la petite Aurore avait reçu un nouveau lit sculpté en bois rose.

La plupart de ces biens étaient des cadeaux et Albert de Montignac, l'ancien protecteur de Louise, comptait parmi ses nombreux donateurs. Ce dernier revenait souvent dans leur conversation. Contrairement aux appréhensions de la jeune entretenue, M. de Montignac n'était pas furieux contre son amante d'avoir disparu sans laisser de traces. Mieux, celui-ci souhaitait la loger dans un appartement encore plus luxueux que celui qu'il lui avait mis à sa disposition au 38 rue de Peletier.

Cette intimité grandissante entre Louise et son ancien protecteur rendait fou le marquis. Il ne supportait plus que ce dandy pose ses mains sur elle, mais surtout, il ne supportait plus sa proximité avec Aurore. Jour après jour, Edmond tissait un lien affectueux avec la fillette, et cette attache était réciproque.

Le marquis laissa échapper un soupir. Il était contrarié. L'amour est mystérieux. Il n'était plus l'homme cérébral et solitaire. La tendresse de Louise, ajoutée à celle d'Aurore, l'avait humanisé. Les graines semées dans son cœur de pierre avaient germé maintenant. En se souvenant d'une scène volée entre le cocher et Louise, quand celle-ci lui parlait des biscuits qu'Aurore avait adorés, il rentra en hâte chez lui et se dirigea vers l'écurie. De loin, il entendait des éclats de rire. Le marquis s'approcha sur la pointe des pieds et observa la scène. Flaubert était assis sur une botte de foin avec Henri sur ses genoux. Le petit garçon avait le bras autour de son cou. De l'autre main, il tenait un petit soldat en bois, sculpté grossièrement. Tout en bavardant, Henri regardait le cocher sculpter une deuxième figurine. Ils riaient. Ils étaient heureux.

Le marquis sentit un poids dans son cœur. Il prit soudain conscience qu'il n'avait pas regardé son fils auparavant. Il ne se souvenait pas de l'avoir entendu rire ou pleurer. Edmond allait dans leur direction quand le cheval hennit, surpris par sa présence. Le hennissement fit rire le garçon davantage.

Se croyant seul avec Flaubert, Henri l'interrogea :

- Est-ce que la petite Aurore a aimé mes biscuits ?

- Oui, elle n'en a jamais goûté de si bons.
- Je voudrais les lui apporter moi-même. Est-ce possible ?

Le cocher donna la sculpture qu'il venait de terminer et douta :

- Ce n'est pas moi qui décide, monsieur Henri.

Le marquis fit demi-tour et se retira doucement, sans faire de bruit.

18

1852 — Paris.

Louise et Aurore de Lorette

Georgette déposa le plat principal au milieu de la table à manger, un gros poulet rôti bien doré garni avec des légumes de saison. Henri huma la bonne odeur et s'exclama :

- Ce poulet à l'air délicieux ! Est-ce celui que vous avez égorgé ce matin ?

Madame la marquise se leva brusquement de sa chaise et se précipita vers la salle de bains. Le marquis étonné, par le geste rude de son épouse, la regarda dubitatif.

Qu'est-ce qu'il lui arrive ? s'interrogea-t-il.

Ces derniers temps, il trouvait qu'elle avait une mauvaise mine, souvent fatiguée et peu bavarde. Le mari en avait déduit que tout cela était lié à ses trop nombreuses nuits passées chez sa maîtresse.

Puis, il regarda Henri. Le garçon baissa ses yeux, ses joues rosissaient et ses larmes ne tardèrent pas à couler.

- Excusez-moi, père. Mère ne souhaite pas que je vienne dans la cuisine quand Georgette prépare le dîner. Mais, je n'ai pas peur d'un poulet égorgé ni d'un lapin dépecé.

Le petit tenait à se justifier, croyant que sa mère avait quitté la table par sa faute. Son père le rassura d'un signe de tête. La gouvernante s'approcha du garçon, déposa la moitié d'une cuisse de poulet sur son assiette avant de l'arroser avec le jus de cuisson :

- Madame votre mère n'est point fâchée contre vous, monsieur Henri, elle est juste fatiguée.

Le marquis observa Georgette d'un œil inquisiteur. Personne n'osait soutenir son regard, alors elle baissa les yeux ; cependant, un sourire espiègle s'afficha sur son visage.

Éléonore revint plus détendue. La gouvernante s'empressa de tirer sa chaise. La marquise passa ses doigts dans les cheveux de son fils et rassura la domestique :

- Ce poulet me semble délicieux, c'est juste son odeur.
- Je vous comprends, madame.

Elles échangèrent un sourire complice.

- Goûtons-le ! J'aimerais savoir ce que ce poulet a d'extraordinaire pour que toute la famille lui voue une telle admiration, s'exclama le maître de maison.

Le marquis en coupa un morceau et le porta à sa bouche. Soudain, il s'arrêta, tenant le couteau en air, et fixa son épouse des yeux. La marquise esquissa un sourire. Il venait de percer son secret. Edmond fronça les sourcils et l'interrogea :

- C'est vrai ?

Éléonore inclina légèrement la tête :

- Oui.

Edmond se leva de sa chaise et vint déposer un baiser sur le cou de son épouse.

Henri était perplexe. Tout ce qui se déroulait sous ses yeux lui échappait. Aujourd'hui, ses parents ne se comportaient pas comme d'habitude. Néanmoins, le garçon continua à déguster son plat tout en répétant qu'il le trouvait exquis.

Georgette se retira et pria pour que l'ange de la paix veille sur cette famille qui accueillerait bientôt un nouveau membre.

Paradoxalement, depuis que le marquis avait appris la grossesse de son épouse, son amour pour Louise ne fit que croître. Plus Éléonore profitait du confort d'un train de vie luxueux, plus Edmond culpabilisait de ne pas avoir fait plus d'efforts dans sa recherche quand Louise avait disparu de sa vie. Il s'imaginait qu'elle avait vécu sa grossesse dans une solitude absolue. Depuis son retour à Paris, avec Aurore, il n'avait pas fait grande chose pour améliorer leur existence. Ce remords hantait ses jours et lui causait des cauchemars. Jusqu'au jour où un dossier de redressement judiciaire atterrit sur son bureau.

Le propriétaire de la maison numéro 9 en face de la sienne croulait sous les dettes. Il avait contracté plusieurs crédits à la banque du marquis et ne parvenait plus à payer les intérêts. D'autres créanciers avaient fait appel aux huissiers qui n'allaient pas tarder à expulser toute la famille. Le marquis voyait dans le malheur de son voisin son propre bonheur. Il se projeta déjà dans un avenir proche où il vivrait avec Louise et Aurore sous le même toit. Il n'y aurait plus d'Albert de Montignac, ni personne. Louise lui appartiendrait, à lui seul. Ainsi, il proposa à son voisin de lui racheter toutes ses dettes, en plus d'une grosse somme d'argent en échange de sa maison. C'était une offre que personne ne pouvait refuser.

Edmond était très satisfait et ordonna à Flaubert d'aller chercher Louise, puis de la ramener pour dîner au restaurant Lapérouse. À la fin du repas, le maquis annonça la nouvelle à Louise. Elle fut bouleversée. C'était inespéré. Son amant ne lui proposait pas un appartement dans le quartier des femmes entretenues, mais une maison entière, en face de la sienne. Au-dessus de tout, désormais, elle n'avait plus besoin de monnayer son corps.

Louise se colla contre son protecteur et l'embrassa. Edmond posa le verre sur la table, délaça le corsage de sa maîtresse et cueillit ses seins généreux. Avant leur rencontre, le marquis détestait ce restaurant avec ses petits salons. Il préférait les espaces ouverts où le serveur ne devait pas annoncer son entrée en frappant à la porte. La proximité avec Aurore et la fine épaisseur du mur de l'appartement de Louise avaient fini pour le convaincre de venir ici. Il avait envie de se retrouver avec elle en toute intimité pour se livrer à leurs jeux érotiques.

Au milieu d'une fellation, Louise s'arrêta net, l'air pensif. Elle se leva, pencha son visage sur celui du marquis et réclama :

- J'aimerais changer de nom de famille.
- Pourquoi ? haleta le marquis.
- Pour que ma fille n'ait pas à souffrir de mon passé de courtisane.
- Quel nom aimeriez-vous porter ?
- Louise et Aurore de Lorette.

Il baissa la tête de sa maîtresse au niveau de son entre-jambes et soupira :

- Continuez, ma chère. Je ferai le nécessaire.

- Edmond, je vous aime tellement.

La jeune femme s'agenouilla et reprit ce qu'elle avait interrompu. Le marquis agrippa si fort ses cheveux qu'il défit le chignon qu'elle avait mis des heures à faire. Les gémissements remplirent tout l'espace de cette petite pièce à la lumière tamisée. Le son d'une clochette résonna dans la pièce voisine, tandis qu'un peu plus loin sonnait les cloches de Notre-Dame de Paris.

19

1852 — Paris.

Rue Amour et ses habitants

Grâce à l'influence du marquis, Louise et Aurore reçurent très vite un nouveau nom. Aussitôt après, le notaire procéda à la signature de l'acte de vente.

Edmond fit venir les architectes, les artisans, les décorateurs, les plus réputés pour rendre cette maison luxueuse. Lors de son déménagement, Louise donna tout le mobilier qu'elle avait reçu de ses amants au concierge. Le pauvre gardien, sous la charge émotionnelle, s'évanouit et s'écroula sur le sol.

Louise était heureuse de la gouvernante que le marquis lui avait sélectionnée. Néanmoins, elle insista :

- Edmond, j'aimerais aussi avoir Flaubert avec nous.

Le marquis protesta :

- C'est indigne d'avoir un cocher à votre service.

Puis, il s'étonna :

- Pourquoi lui ?
- Parce que je sais qu'il prendra soin d'Aurore.

Louise était une mère avant tout. Elle aimait Edmond et lui vouait une profonde reconnaissance, mais Aurore restait ce qu'elle avait de plus précieux au monde.

***

Quelques mois après l'emménagement de Louise et d'Aurore dans la maison d'en face, Éléonore donna naissance à son deuxième enfant, un petit garçon nommé Philippe. Une nouvelle vie commença pour les Fabel d'Estremeau et les de Lorette.

Un soir, Aurore profita d'un moment d'inattention de sa mère pour sortir de la maison et traverser la rue. Louise tenta de la rattraper, mais c'était trop tard, la fillette était debout sur le palier et avait frappé à la maison portant le numéro 8.

Georgette ouvrit la porte et se figea. Elle écarquilla les yeux, visiblement très embarrassée, puis demanda :

- Bonsoir… madame de Lorette… Mme la marquise ne m'a pas informée de votre visite.

Le cœur de la domestique balançait entre claquer la porte au nez de la maîtresse de son maître ou au contraire prendre Aurore dans les bras. Henri lui avait tant parlé de cette petite qu'elle avait l'impression de la connaître depuis toujours.

- Bonsoir, Georgette. Veuillez nous excuser pour cette visite importune. Ne dérangez surtout pas Mme la marquise.

Louise tint la main de sa fille, fit une courte pause, très gênée de devoir expliquer leur présence à la gouvernante. Elle prit une profonde inspiration et poursuivit :

- Aurore était très triste de ne pas être invitée au baptême de Philippe. Elle lui a fait un dessin. Je lui ai expliqué qu'elle devrait patienter le dimanche pour le donner à M. le marquis, mais son impatience…

La fillette interrompit sa mère, tendit le dessin sur lequel elle avait gribouillé trois petits bonshommes allumettes, Henri, Philippe et elle, à la gouvernante et lui dit :

- Georgette, j'adore vos biscuits ! Ils sont délicieux !

Du salon, Éléonore écoutait leur conversation. Elle comprenait le malaise de Louise. Elles étaient toutes les deux mères avant d'être femmes. Louise ne serait pas restée si ce n'était pas pour le bonheur d'Aurore. L'épouse ne détestait pas la maîtresse de son époux comme elle aurait dû. Au contraire, Éléonore lui vouait une certaine empathie. La marquise comprenait que Louise n'avait jamais cherché à éloigner Edmond de sa famille. De même, Henri aussi lui avait rapporté beaucoup d'anecdotes. Une femme traitant le fils de l'autre avec tant d'amour ne pouvait pas être une mauvaise personne. Cependant, Éléonore était un être humain avec ses failles et faiblesses. Il lui était impossible de se lier d'amitié. Elle hésita un moment, puis finalement décida de s'approcher de la porte d'entrée. Les deux femmes se rencontrèrent pour la première fois.

Éléonore fit un léger signe de tête et commença :

- Bonsoir, madame de Lorette. Ne vous excusez pas.

Puis elle tourna son regard vers la fillette et sourit :

- Ton dessin est très beau. Je suis certaine que Philippe sera ravi.

Louise comprit qu'Éléonore ne les inviterait pas à rentrer. Elle ne ressentit ni colère ni déception. Au contraire, Louise lui fut reconnaissante de ne pas l'humilier devant son enfant. La jeune femme inclina la tête en signe de gratitude, prit Aurore dans ses bras et s'éloigna.

La fillette se retourna pour faire un dernier signe de main à Georgette. De l'autre côté de la rue, Flaubert les attendait sur le palier de la porte, soulagé.

20

2019 — Paris, 8 rue Amour.

Là où tout a commencé.

Allongé sur le banc, je vois défiler tous les évènements qui se sont déroulés depuis mon arrivée à l'hôtel Étoile jusqu'à mon réveil en sueur. Je regarde la Rolex attachée à mon poignet. Il est six heures du matin.

Mon rêve aurait-il duré huit heures d'affilée ?

Je me lève de la banquette et rentre. Je cherche mon téléphone et désespère de n'y voir aucun signe de Mei Gui Xïn. Au contraire, il y a deux appels d'Hannah.

Je grogne :

- Qu'elle peut être collante, celle-là ! Elle ne lâche jamais une affaire !

Tandis que je rage contre mon ex-petite amie, une idée me traverse l'esprit : justement, je devrais suivre son exemple et ne rien lâcher. Je vais partir à la recherche de cette inconnue et je ne vais pas la laisser venir et disparaître, réapparaître et disparaître de nouveau comme ça de ma vie. Cette pensée me booste, je me sens prêt à affronter l'adversité. J'enfile mon jeans, un sweater et mes baskets, puis je quitte la maison en hâte. Je traverse l'allée fleurie, m'attarde un peu devant les roses fraîchement écloses et remplis mes poumons de leur fragrance.

Elles ont le même parfum que ses cheveux.

J'ouvre le portail en fer et je marche sur la plaque tombée sur le sol. Elle était soudée au portail bien avant mon arrivée dans cette maison, mais semble avoir décidé de ne plus l'être.

- Toi aussi Rose-thé, tu veux me quitter !

Tout en pleurant sur mon sort, je la ramasse et la glisse à l'intérieur de la boîte aux lettres.

Je me mets à courir en direction de l'hôtel Étoile, là où tout a commencé.

Une demi-heure après, j'arrive en sueur devant le réceptionniste de l'hôtel. Ses yeux sont cernés, preuve qu'il vient de passer une nuit blanche. Il fronce les sourcils et tente de se rappeler mon visage, mais sa fatigue l'en dissuade.

- Bonjour, monsieur, vous êtes bien matinal. Le petit déjeuner est servi à partir de sept heures seulement. Voulez-vous un café pour patienter ?
- Bonjour, monsieur. Pouvez-vous me renseigner : comment s'appelle la jeune femme qui occupe la chambre 401, s'il vous plaît ?

Le regard de l'hôtelier se durcit et le sourire chaleureux disparaît de son visage. Il me demande :

- Puis-je avoir votre numéro de chambre, s'il vous plaît ?
- Je ne suis pas un client de l'hôtel. J'aimerais juste un renseignement.
- Je suis navré, monsieur, la direction nous interdit de divulguer des informations sur nos clients, dit-il en haussant le ton et en redressant le torse.

L'homme me fixe et attend ma réponse. Je pince les lèvres et tapote nerveusement le comptoir du bout des doigts. Ce bruit agace l'homme en face de moi : il expire exagérément fort et pose ses deux mains jointes à dix centimètres des miennes. Le menton légèrement soulevé, il m'envoie un avertissement.

Message reçu.

Pendant que je cherche comment le convaincre, la serveuse d'hier entre dans l'hôtel et sourit à son collègue :

- Salut, Kamel, ça va ? T'es encore dans l'équipe de nuit ?
- Bonjour, Lou. Oui.

Il regarde l'horloge accrochée au mur et poursuit :

- Je finis dans trente minutes.

J'ai presque envie de serrer cette jeune fille dans mes bras. Je me tourne vers elle et lui demande :

- Bonjour, Lou. Hier midi, j'ai déjeuné ici, à la terrasse. Vous m'avez servi du poulet à la sauce chorizo.

Surprise par ma familiarité, elle me répond néanmoins avec le sourire :

- Oui, oui. Je me souviens. Vous m'avez laissé trente euros de pourboire.
- Vous rappelez-vous que j'ai déjeuné avec une jeune femme, grande, frêle, une longue robe blanc crème ?
- C'est possible, me répond-elle sans réfléchir. Excusez-moi, mais je suis pressée. Je dois préparer le buffet pour le petit déjeuner.

Elle file comme une flèche derrière une porte battante portant un panneau « entrée réservée au personnel ».

- Voilà ! Je n'ai pas rêvé ! m'exclamé-je.

Soulagé, je me retourne vers le réceptionniste, et lui dis sur un ton jovial :

- J'aimerais louer la chambre 401 pour une visite.
- Nos chambres sont louées par nuitée, monsieur.
- Alors, je la prends pour une nuit.

L'homme ronchonne quelques mots inaudibles et fixe l'écran de son ordinateur. Un duel entre sa main et la souris se déroule sous nos yeux. Puis il relève la tête et me lance un regard consterné :

- Je suis désolé, je ne sais pas pourquoi je n'ai pas l'accès à la chambre 401. Je peux vous proposer la 403, elle est identique.
- Merci, Kamel. Je ne vous dérangerai plus. Je vais attendre que Lou termine de préparer le petit déjeuner. Est-ce que je peux déjà m'installer dans le jardin ?
- Faites comme chez vous, monsieur.

Oui, c'est presque comme chez moi ici.

À pas légers, je me dirige vers le jardin et choisis la table à côté du bassin où nagent paresseusement des poissons japonais. Je me mets à leur parler :

- Bonjour, vous souvenez-vous de moi ? Hier entre 13 h et 13 h 50, j'étais assis ici à la même place, avec une belle inconnue.

Cependant, ces koïs restent muets comme des carpes, ils lâchent quelques bulles d'air dans l'eau et bougent insensiblement leurs nageoires.

La terrasse se remplit au fur et à mesure. La plupart des clients de l'hôtel sont des touristes. J'entends une phrase en chinois par-ci et une autre en espagnol par-là. L'établissement se situe non loin du Sacré-Cœur, du Moulin Rouge, des sex shops, des galeries La Fayette et de l'Opéra Garnier… Bref, il y en a pour tous les goûts. Je parcours le jardin des yeux, en quête d'une silhouette menue. Hélas, je ne reconnais aucune forme familière.

Je redemande à Lou si elle aurait vu passer la personne que je cherche, et je reçois la même réponse vague :

- Oui, oui, c'est possible.

Après trois cafés, un croissant, une assiette de fruits, toujours rien. Le jardin se désemplit peu à peu jusqu'à ce que je reste seul à cette verdoyante terrasse. La serveuse apparaît et me demande :

- Monsieur, voulez-vous encore quelque chose au buffet ? Je vais le ranger pour préparer le déjeuner.
- Non, merci.

J'essaie de rester digne et lui réponds avec le sourire, mais j'ai vraiment envie de pleurer. Chaque minute qui passe réduit mon espoir de revoir ma quête. Et pourtant, je sens sa présence tout près, et son regard se poser sur moi. Je laisse échapper une lamentation et demande l'addition.

Au moment de partir, je vois le chat qui a griffé ma main s'approcher. Il se roule voluptueusement sur le sol, le ventre en l'air, avant de venir se frotter contre ma jambe.

- Ah, sale bête ! Tu es la source de mes problèmes !

Je le maudis. Mais, au lieu de le chasser d'un coup de pied, je le prends dans mes bras. Le félin se laisse faire, docile comme une peluche. Je le pose sur mes jambes et le caresse dans le sens du poil.

- Mei Gui Xïn aurait adoré que je te ramène.

Soudain, le vent se lève et pousse des hurlements. Les branches se courbent avec un grincement horrible. Un gros nuage noir avale le soleil. Le ciel bleu vire d'un coup au gris. Les koïs dans le bassin s'agitent aussi, ils tentent de sauter hors de l'eau comme s'ils entreprenaient un suicide collectif. Le chat se redresse et ouvre la gueule pour montrer ses quatre canines pointues. Ses deux pattes avant s'agitent dans l'air comme pour chasser, ou agripper, quelque chose d'invisible.

Je suis perplexe. Depuis hier, à chaque manifestation de Mei Gui Xïn, que ce soit sous forme d'une pensée ou dans le réel, quelque chose d'étrange se produit. Hier, quand le chat l'a vue, même à travers l'écran de mon téléphone, il est devenu fou et m'a griffé la main. Puis, à son arrivée dans la salle de bains, l'ampoule a grillé et le miroir a explosé en mille morceaux. Ensuite, sur le banc, lorsqu'elle a traversé mes pensées, l'inconnue dans mes bras s'est volatilisée. Et là, il suffit que je parle d'elle à un chat pour qu'une tempête se prépare.

Le félin s'élance sur le sol et s'éclipse à l'intérieur. En le suivant du regard, j'aperçois la démarche familière d'une femme en longue robe crème quittant l'hôtel.

Je bondis de ma chaise en m'écriant :

- Mademoiselle ! Mademoiselle à la robe crème ! Attendez-moi !

La femme ne m'entend pas et continue son chemin. Je cours pour la rattraper. Elle traverse la rue, se dirige vers la maison située au numéro 9 et passe à travers la porte d'entrée. Je m'arrête net sur le trottoir, bouche bée. Ma première réaction est le déni.

Je suis victime d'une illusion d'optique. Elle n'est pas passée à travers la porte, mais la porte était entrouverte et elle s'est glissée à l'intérieur.

Je traverse la rue. Le temps de faire dix pas, la façade de la maison se transforme en un mur de brique, sur lequel est collée une grande affiche.

Je lis tout haut :

- Tribunal de Paris, Parvis du tribunal, blablabla, vente aux enchères publiques, jeudi blablabla… Maison… mise à prix blablabla… Maître blablabla… Le cahier des conditions de vente, référence greffe blablabla… peut être consulté au greffe du juge de l'exécution du tribunal…

Tout est encore très clair dans ma tête. Hier, à 14 heures, j'étais devant cette maison, j'ai sonné. M. de Lorette m'a ouvert et m'a fait visiter la demeure. Je perds tout repère ! Je ne sais même plus qui je suis. Je m'assois sur les marches et me mets à chialer.

- Putain ! Mais qu'est-ce qu'il se passe ? Je deviens fou !

Au moment précis où je pousse un cri de désespoir, mon téléphone sonne. Sur l'écran, je vois s'afficher la photo d'Hannah. C'est vraiment la dernière personne à qui j'ai envie de parler. Je me retiens de ne pas fracasser mon portable contre le mur. La sonnerie s'arrête, suivie aussitôt par une notification d'un SMS reçu.

Xavier, rappelle-moi. C'est URGENT. H !

Je rugis :

- H comme harcèlement ! H comme horrible ! H comme hantise !

Quelques passants me dévisagent. D'autres préfèrent changer de trottoir.

J'ajuste l'écouteur à mon oreille, inspire profondément et appuie sur la touche verte de mon smartphone. Une première sonnerie. À la deuxième, j'entends un hurlement :

- Putain, Xavier ! Qu'est-ce que tu as fait ? Je viens d'avoir M. Cohen au téléphone. Il s'est plaint que tu l'as planté et qu'il va confier la vente de sa maison à une autre agence !
- Baisse le ton, Hannah. Ce n'est pas le moment.

Elle s'interrompt, puis poursuit d'une voix moins dure :

- Si tu avais un empêchement, pourquoi n'as-tu pas envoyé une autre personne voir à ta place et appelé le client pour le prévenir ? J'ai essayé de calmer le jeu, mais ce n'est pas gagné.

Je la laisse se défouler. De toute façon, qu'est-ce que je peux faire d'autre ? Ce que j'ai à lui raconter est complètement fou. Personne ne me croira. Surtout pas elle !

- Tu vas rappeler M. Cohen et lui présenter tes excuses. Et tu te démerdes pour aller le voir avant qu'il ne signe avec un concurrent.
- Hannah, comment s'appelle-t-il, le proprio ?
- Cohen ! Tu veux que je te l'épelle ? C.O.H.E.N !
- Quelle est son adresse ?

Quelques secondes de silence, puis elle explose :

- Tu te fous de ma gueule ou quoi ?

Je dois ôter l'écouteur tant elle hurle au téléphone.

- S'il te plaît, redonne-moi son adresse.
- 11, rue Amour. Dans le neuvième !

Puis elle me raccroche au nez.

J'ouvre mon agenda électronique sur le téléphone : c'est bien ça, Cohen, au 11 rue Amour, à 14 heures. Je lis et relis ces informations.

- Pourquoi est-ce que je suis venu à la maison numéro 9 pour rencontrer M. de Lorette ? De plus, cette maison est en ruines. Putain, il se peut que le vieux n'existe pas non plus !

Un courant d'air glacé parcourt mon corps tout entier. Je rentre instinctivement la tête dans les épaules et croise les bras contre ma poitrine pour avoir un peu de chaleur. Il fait un temps magnifique, le soleil brille, mais je gèle comme si j'étais tout nu sur un glacier au pôle Nord. J'hésite : dois-je appeler M. Cohen ou aller directement sonner à sa porte, qui est à moins de cinq mètres ? Je fais les cent pas sur le trottoir. Me sentant observé, je lève la tête et j'aperçois, assis sur le bord de la fenêtre de la chambre 401, le chat à la robe léopard. Il se lèche tranquillement la patte. La fenêtre est entrouverte, le courant d'air agite les rideaux, et une silhouette se balade tantôt à droite, tantôt à gauche.

Aussitôt, tout devient très clair. Je rembobine les faits, étape par étape : je suis arrivé dans le jardin de l'hôtel Étoile. Le chat m'a griffé, suivi aussitôt par l'apparition de l'inconnue. Prétextant me soigner, elle m'entraîne dans la chambre 401. Par la fenêtre, elle m'avait pointé la maison située au numéro 9 et avait martelé chaque mot en me disant que mon rendez-vous était là, avec M. de Lorette.

Plus de doute. Cette femme m'a hypnotisé et mis cette information dans la tête. C'était la concurrence qui l'avait envoyée pour me piquer cette affaire. La vie est sans pitié. Pour avoir du fric, les gens ne reculent devant rien !

- Vingt ans d'expérience et je me laisse manipuler comme un débutant ! Je soupire, soulagé. Lorsque je raconterai cette histoire à Mei Gui Xïn, elle me rira au nez.

Comme chaque manifestation de Mei Gui Xïn, quelque chose de surnaturel se produit.

- Miaouuu !

Le chat saute du bord de la fenêtre et s'écrase au sol devant mes yeux !

- Non ! J'ai hurlé.

Je traverse la rue en courant. Au lieu de découvrir un chat blessé et écrasé contre l'asphalte, l'animal est indemne, aucune égratignure. Il se remet sur ses pattes, me lance un regard perçant, puis il s'échappe à l'intérieur de l'hôtel.

Je me cogne la tête contre le mur et crie :

- Je déteste ce putain de chat !

Je retraverse la rue et m'adosse contre la fenêtre murée. De toute évidence, je suis en plein délire. Je me motive :

- Reprends-toi, Xavier ! Tu ne peux pas rester à pleurer sur ce trottoir toute la journée ! Fais ton travail. Tu es agent immobilier !

Genoux au sol, je crie :

- Oui ! Xavier ! Tu es agent immobilier, c'est ce que tu sais faire de mieux. Tu vas donc faire une recherche sur cette maison.

Qui sont les propriétaires ? Depuis quand est-elle abandonnée ?

Pourquoi est-ce que je m'adresse à moi-même à la deuxième personne ?

Je me relève et me dirige vers l'affiche collée sur le mur bétonné. Un vent chaud me caresse le visage. Dans son souffle, je respire un parfum de roses. Sortant mon téléphone de ma poche, j'appelle l'avocat en charge de cette adjudication. Tout en lui parlant, je fais signe à un taxi qui passe par là. La voiture s'arrête. Je me glisse rapidement à l'intérieur et dis au chauffeur :

– Bonjour, monsieur, le greffe du juge de l'exécution du tribunal de Paris, s'il vous plaît.

***

Une dame assez âgée s'avance vers moi et me prévient que le bureau va fermer ses portes dans dix minutes.

Mais où est passé le temps ? Je viens à peine d'arriver.

Je consulte ma montre à mon poignet. Il est 17 h 50. De toute façon, je n'ai pas besoin de rester ici plus longtemps, car j'ai déjà trouvé toutes les informations nécessaires. Cette demeure est restée inhabitée depuis des siècles. Le cadastre ne précise pas la date exacte d'abandon, mais cela remonte aux années 1900, peut-être même avant. Les derniers propriétaires se nommaient Aurore de Lorette et Henri Fabel d'Estremeau. Rien n'est renseigné sur leur lien. Étaient-ils des époux ? Avaient-ils un quelconque lien de parenté ? Quoi qu'il en soit, aucun descendant ou famille proche n'a réclamé le bien, dès lors, il appartient à l'État qui décide de le mettre en adjudication. Toutes ces données me réconfortent. Je suis un homme simple, dépourvu d'imagination fertile. Je n'aurais pas pu inventer une telle histoire. En croisant les données, ma déduction est qu'Aurore de Lorette, née dans les années 1850, et l'inconnue que j'ai rencontrée à l'hôtel Étoile sont la même personne. Ma conclusion semble aussi ahurissante que l'apparition de la Vierge à Bernadette Soubirous dans la grotte de Lourdes pour un athée. Cependant, je ne peux plus le nier.

Si je n'ai plus de doute sur la personne d'Aurore, il me reste celui d'Henri Fabel d'Estremeau à clarifier. Y aurait-il un lien de filiation entre lui et moi ? Même les arbres ont des racines ; pas moi. Je ne sais pas d'où je viens. Je figure bien dans l'arbre généalogique des Fabel d'Estremeau sans vraiment connaître le passé de mes aïeuls.

Seuls mes grands-parents pourraient me le confirmer. Cependant, après des années de silence, je me sens honteux de débarquer chez eux pour leur soutirer l'histoire secrète de notre famille. Lorsque ma mère était encore de ce monde, elle me répétait que ses parents avaient toujours refusé de dévoiler leur passé familial. Je me souviens encore de leur dispute à propos de notre déménagement à Rose-thé. Mes grands-parents nous avaient chassés de leur vie et n'étaient pas venus aux funérailles de ma mère. Je m'enlise dans des sables mouvants. À ce stade, il ne me reste qu'une seule sortie, à savoir me jeter dans la Seine.

21

1860 — Paris.

Un amour d'enfance

Au commencement, il y avait les biscuits de Georgette. Puis, des après-midi à regarder passer les nuages. Alors qu'Aurore voyait un troupeau d'éléphants dans un corps de ballet, Henri ne voyait qu'un chat dormant. Son imagination peu fertile la désespérait au point qu'il préférait la laisser le maquiller ou l'habiller comme l'excentrique Mme Blanche Fauchon, que sa mère et M. le marquis recevaient une fois par mois chez eux. Ainsi, elle pouvait exercer sur lui son talent de couturière. Mais le plus mémorable des souvenirs restait les punitions. À chaque bêtise commise, Henri prenait la faute sur lui. Lorsque le marquis avait offert à Louise Martin une paire de vases anciens en porcelaine chinoise, celui-ci expliqua :

- Selon une légende, ces vases appartenant à la dynastie Ming contiendraient les cendres des amoureux interdits.
- Qui étaient-ils ? s'immisça Aurore dans la conversation, intriguée.
- La favorite de l'empereur et son amant, un général à la cour impériale. Quand l'empereur découvrit leur histoire d'amour cachée, il devint fou de rage et ordonna qu'on les brûle vifs. Ensuite, leurs cendres furent partagées en deux et enfermées dans chaque vase.
- Pourquoi a-t-on séparé leurs cendres ?
- Pour qu'ils ne puissent pas être ensemble même dans la mort ni se retrouver dans leur prochaine vie, expliqua le marquis à Aurore, en prenant un ton grave.
- Cet empereur était une personne cruelle et sans cœur, répondit Aurore en plissant ses sourcils.

Cette histoire des amours interdits laissa des traces chez la fillette. Elle avait élaboré un plan pour aider les âmes des amoureux à se retrouver.

Elle l'expliqua à Henri :

- Nous allons rassembler les cendres dans un seul vase, puis nous l'enterrerons sous le saule pleureur, au fond du jardin.
- Que faisons-nous de l'autre vase ?
- Nous n'y touchons pas.

Le dimanche suivant, pendant que le marquis et Louise savouraient leurs retrouvailles, les enfants mirent le plan d'Aurore à exécution. Tout se déroula comme prévu. Pendant le dîner, leurs regards malicieux éveillèrent les soupçons des adultes.

Le marquis les examina et questionna :

- Vous me semblez étranges ce soir. Vous ne nous cacheriez pas quelque chose ?

Henri baissa la tête, ses joues rosirent tandis qu'Aurore s'empressa de répondre :

- Nous ne cachons rien.

La bonne fit irruption avec un pot-au-feu fumant. Aurore se jeta sur le plat et mit ainsi fin à l'interrogatoire.

Après le repas, la famille se regroupa autour de la table basse du petit salon. Tout à coup, le marquis remarqua qu'il manquait un vase.

Il frappa sa main sur la table et martela chaque mot :

- Les enfants, j'ai offert à Louise une paire de vases. Pourquoi n'en vois-je plus qu'un seul ?

Aurore bondit du canapé, fila aussitôt dans les escaliers. Sa maman lui emboîta le pas. Le marquis tourna le regard vers son fils, attrapa son bras et l'entraîna dans la bibliothèque.

Pendant qu'Henri subissait le supplice, Aurore écoutait, derrière la porte, le bruit du fouet qui cinglait l'air pour s'abattre sur les fesses innocentes.

Un petit gémissement s'échappait du salon :

- Je ne sais pas où est l'autre vase, père.
- Et Aurore, est-ce qu'elle le sait ?

Henri baissa la tête et n'en dit mot.

Dès l'apparition du condamné, quelques larmes perlaient encore au coin de ses yeux. Aurore avait couru vers lui, et attrapé sa main pour la caler dans la sienne tout en l'entraînant vers les marches d'escalier. Assise près de lui, la fillette lui posa un baiser sur la joue.

- Est-ce que votre père vous a fait mal ?

Le garçon bomba le torse et répondit :

- Même pas mal !
- Merci, Henri. Vous êtes mon héros.

Chose étonnante, Flaubert arrivait toujours à ces moments-là, avec quelques mignardises qu'il avait chipées dans la cuisine et les glissait discrètement dans les mains des enfants avant de disparaître aussi vite qu'il était venu.

Durant leur enfance, du petit bobo aux grandes déceptions, Henri faisait tout ce qu'il pouvait pour donner le sourire à Aurore. Lorsque son admission à l'école lui avait été refusée, le garçon l'avait consolée :

- Ce n'est pas dirigé contre vous. C'est une école pour les garçons. Les filles n'ont pas le droit d'y entrer.
- Voulez-vous m'apprendre à lire et à écrire ?
- Oui, bien sûr.

Henri disait toujours oui, le non n'existait pas dans son vocabulaire lorsqu'il s'agissait d'Aurore.

Si l'amour d'Aurore pour Henri sembla commencer par le fameux baiser, celui d'Henri était plus ancien encore. Sans doute, le jour où il avait remarqué à quel point son père la chérissait tant. Dans les yeux de ce géniteur au visage glacial, la fillette incarnait tout ce qu'Henri ne serait jamais.

Éléonore tentait de consoler son fils :

- Votre père ne vous le montre pas, mais sachez qu'il vous aime bien plus que la petite Aurore.
- Moi aussi, j'aime Aurore, mère. Quand je serai grand, j'aimerais l'épouser. Elle sent la rose.

Henri en était convaincu. Aurore avait été baignée dans l'eau de rose depuis sa naissance. Elle laissait cette fragrance partout où elle passait. Un jour, elle avait volé une des pochettes en lin que sa mère remplissait avec des pétales de rose cueillie à Rose-thé pour les ranger dans sa garde-robe. Elle la lui avait offerte. Il l'avait placée sous son oreiller. Ainsi, chaque nuit, il respirait son parfum, et laissait sa fragrance l'entraîner jusque dans ses rêves.

***

22

1870 — Paris.

Les jours d'après

Depuis le retour de Rose-thé, Aurore et Henri sont engouffrés dans une spirale. Les secondes correspondent aux minutes, et celles-ci s'écoulent lentement comme des heures.

De la terrasse, Aurore épie son voisin d'en face. D'habitude, elle se tient debout, bien visible, contre la barrière et agite ses bras en l'air. Mais, ce soir, elle ne veut pas qu'il la voie : elle se camoufle derrière les feuillages, les yeux rivés sur les fenêtres. La nuit est tombée, Georgette a fermé toutes les tentures, sauf celles de la chambre du jeune maître. Aurore a deviné qu'il les a laissées ouvertes exprès. Sous cette douce lumière, elle aperçoit Tigre couché aux abords de la fenêtre, et la silhouette d'Henri tantôt debout, tantôt assise.

- Mais qu'est-ce qu'il fait ? se demande-t-elle.

Le vent emporte sa question jusqu'à lui. Il se lève de sa chaise et s'approche de la fenêtre. Il la cherche du regard dans cette masse noire. Paniquée, le réflexe d'Aurore est de s'allonger sur le sol. Elle pousse un long soupir.

J'espère qu'il ne m'a pas vue. Pourquoi ne vient-il pas me voir ?

Après leur premier baiser dans la cabane du jardin, Aurore découvre l'insupportable attente dont souffrent tous les amoureux. Plus rien ne l'intéresse. Les promenades avec sa mère qu'elle aimait tant se déroulent maintenant dans un silence religieux. Pourtant, elle a des milliers de questions à lui poser. Son ancienne vie était peuplée de nombreux visages. Désormais, elle ne voit plus que lui.

Henri, tu me manques vraiment trop !

Ce matin-là, avant de se rendre à l'école, Henri s'attarda un peu plus longtemps dans la rue cherchant Aurore, devant la porte de la maison d'en face. Il espérait même qu'elle sorte pour le saluer. Plus son espoir était grand, plus sa déception était douloureuse. Aucun signe de son amoureuse.

Où était-elle ? Elle collait toujours son nez aux carreaux, et me faisait signe des mains !

Un poids invisible lui écrasait la poitrine. Aurore était le rayon de soleil qui illuminait son existence. Henri laissa échapper un soupir désespéré puis monta dans la calèche. Le cocher donna un coup de cravache au cheval qui hennit et fila droit devant lui.

***

Cet après-midi, Louise n'avait pas accompagné Aurore dans leur promenade quotidienne. L'amoureuse se sentait encore plus seule. Lorsque la calèche traversa la place de l'Opéra, un jeune vendeur de journaux lui tendit un des exemplaires. À ses côtés se tenait une fillette, le visage noirci par l'encre des journaux qu'elle serrait dans ses bras.

- Henri aurait certainement acheté un journal pour aider ce garçon, lâcha la jeune fille.
- Vous avez raison, mademoiselle Aurore. M. Henri lui en aurait acheté un, mais aurait payé pour dix, lui répondit Flaubert.

La réponse du vieil homme accentua davantage l'absence d'Henri. Aurore éprouvait un besoin vital de le voir tout de suite et de lui avouer ses sentiments. Elle aimerait qu'il sache son amour et qu'il comprenne qu'elle ne cessera jamais de l'aimer.

- Flaubert, allons chercher Henri.

Le cocher s'exécuta sans faire de commentaire. Changeant de direction, il se dirigea vers le Marais, où se situait le lycée des Francs-Bourgeois. Ils tombèrent à pic : au loin, Aurore aperçut la silhouette d'Henri devant la sortie. Impatiente, elle descendit de la calèche et courut vers lui. Flaubert lui emboîta le pas en soufflant :

- Ce ne sont pas des manières, mademoiselle Aurore !

Mais elle haussa les épaules et s'accrocha au bras du jeune homme. Henri était surpris de la voir, mais heureux. Cinq jours s'étaient écoulés depuis leur dernière rencontre, mais il ne la reconnaissait plus. Sa voisine était devenue une jeune fille d'une beauté stupéfiante, dont la longue robe crème laissait apparaître le corps naissant. Le vent soufflait dans sa chevelure aux reflets d'or et déplaça une mèche sur sa joue droite.

Henri la remit derrière son oreille et admit :

- Vous êtes encore plus belle que dans mes pensées.

Ils marchèrent côte à côte jusqu'à la calèche. Leurs épaules se frôlaient, s'éloignaient et s'effleuraient de nouveau. Flaubert les attendait au pied de la calèche avec un sourire bienveillant aux lèvres. Henri chuchota quelque chose à l'oreille d'Aurore. Celle-ci esquissa un sourire complice et acquiesça de la tête. Le jeune homme se tourna vers le majordome et ordonna :

- Flaubert, dites à mère que j'emmène Mlle Aurore faire un tour.
- Comme monsieur voudra.

Le cocher reprit place à l'avant de la calèche et s'éloigna. Il était si perdu dans ses pensées qu'il faillit percuter un omnibus à trois chevaux venant dans le sens inverse. Son cœur était serré par l'inquiétude. Il tremblait en pensant aux conséquences de cet amour naissant. Il se souvenait de la première fois où il avait parlé à Henri de la petite Aurore. Jamais il n'aurait pensé qu'une idylle pourrait naître entre ces deux jeunes gens qu'il chérissait depuis leur enfance.

Le cocher s'imagina à la place de la marquise. Depuis que Louise et Aurore avaient emménagé dans la demeure du 9 rue Amour, il avait perçu la hantise d'Éléonore Langlois de Castres. Elle avait peur que l'histoire se répète. Certes, Henri lui avait déjà déclaré son amour pour Aurore, mais la maman se consolait en pensant que c'étaient des paroles d'enfant et qu'une fois adulte, son fils comprendrait qu'Aurore n'était pas faite pour lui. De ses deux fils, elle se sentait plus proche d'Henri que de Philippe. Son cadet était la bouée à laquelle elle s'accrochait lorsque son époux revenait ivre mort de ses soirées. Elle ne souhaitait que le meilleur pour lui. En tombant amoureux d'Aurore, il se condamnait à une triste fin.

Quant à Louise, si elle avait échoué à se faire épouser par le marquis, Flaubert savait qu'elle plaçait tout son espoir dans l'avenir de sa fille. Louise lui avait raconté une soirée littéraire que Mme Blanche Fauchon avait organisée pour Alexandre Dumas fils.

Celui-ci avait confié à l'ex-courtisane : « Une fille sans éducation, sans famille, sans profession, sans pain, n'ayant pour tout bien que sa jeunesse, son cœur et sa beauté, vend le tout à un homme assez bête pour conclure le marché. Cette fille a signé son déshonneur et la société l'exclut à tout jamais.

Une fille bien élevée, née de famille régulière, ayant à peu près de quoi vivre, habile et résolue, se fait épouser par un homme qui pourrait être son père, son grand-père même, qu'elle n'aime pas bien entendu, mais immensément riche. Elle l'enterre au bout d'un mois. Cette fille a fait un beau mariage, et la société l'accueille à bras ouverts, femme et veuve. [4]»

Louise avait compris que, de son vivant, elle n'effacerait pas son passé de femme entretenue. Elle avait vendu son indépendance en échange d'un train de vie luxueux. Alors, elle mettait tout en œuvre pour qu'Aurore puisse avoir sa place dans le cercle respectable de la société. Elle n'avait pas espéré Henri comme futur gendre, mais si c'était lui, elle en serait très heureuse.

Le cœur d'une mère est rempli d'espoir pour son enfant, et cet amour l'éloigne de la vraie vie. Pensait-elle vraiment que le marquis, Éléonore Langlois de Castres et la haute société parisienne du Second Empire accepteraient que l'aîné d'une prestigieuse famille d'aristocrates soit marié à une bâtarde, née d'un père inconnu et d'une courtisane ?

---

4 La Dame aux camélias d'Alexandre Dumas fils

Ces pensées firent frémir Flaubert. Quand la calèche arriva au croisement de la rue des Martyrs et de la rue Châteaudun, la cloche de l'église Notre-Dame de Lorette sonna. Ce son aigu résonna dans le ciel comme un avertissement de Dieu. Flaubert décida d'aller allumer un cierge. Aujourd'hui, lorsqu'il voit Aurore accrochée au bras d'Henri, l'odeur d'un drame terrible plane dans l'air. Cet amour né dans la pureté provoquera la jalousie du diable.

Agenouillé au pied de la statue de Jésus, cloué sur la croix, Flaubert, les mains croisées et les yeux remplis de larmes, implore une miséricorde divine :

- Notre Père qui êtes aux cieux, je vous en supplie, protège tes enfants du mal.

En rentrant de l'église, Flaubert eut de la chance ; ni Éléonore ni Louise n'était à la maison. Leur absence le déchargeait de son rôle de messager.

- Il n'y a rien de pire que d'apporter une mauvaise nouvelle. De toute façon, elles l'apprendront tôt ou tard, mieux vaut le plus tard possible, soupira-t-il.

Aurore et Henri marchaient le long de la Seine. Le fleuve inondait presque les rives. Les passants se retournaient sur le couple, pour l'admirer. Ils étaient faits l'un pour l'autre si beaux, si jeunes, si amoureux. Henri avait l'allure d'un gentleman et Aurore avait la beauté rare d'une déesse. L'amour rayonnait sur leurs visages. Le monde était à leur portée.

Un bouquiniste les accosta et chuchota à Aurore :

- Chère jolie demoiselle, est-ce que votre amoureux vous écrit des lettres d'amour ?

Aurore tourna son regard espiègle vers Henri et avoua au marchand :

- Quand nous étions enfants, il m'avait recopié un poème chinois.
- J'ai quelque chose d'exceptionnel à vous proposer.

Le marchand sortit de son manteau un carnet et poursuivit :

- Voici une reproduction d'un document autographe de Beethoven, trois lettres que le compositeur avait écrites à sa bien-aimée, en version originale et traduite de l'allemand en français.
- De quoi parlait-il dans ses lettres ? demanda la jeune fille, curieuse.
- Beethoven lui déclare son amour éternel !

Le vendeur répondit d'un ton enjôleur en dévorant Aurore du regard.

Pour mettre fin à ce racolage, Henri lui acheta un exemplaire et le couple continua sa promenade.

- À jamais à toi. À jamais à moi. À jamais à nous, cita soudain Henri.

Aurore réfléchit un moment puis répliqua :

- Quand tout meurt, seul amour survit, n'est-ce pas.

Le ton de la voix d'Aurore était étrange, Henri ne savait pas si elle lui posait une question ou si au contraire, elle annonçait une évidence.

Un vent frais venait de la Seine. Celui-ci était là au commencement de l'univers et avait vu tant d'histoires. Il savait que dans ce bas monde, aucun amour n'était éternel comme le prétendait le bouquiniste. Pourtant, si le vent pouvait parler, il soufflerait à ces amoureux que leur amour survivra au-delà de la mort.

23

2019 — Paris.

Je descends les marches et me dirige vers la sortie, quand une horloge se met à sonner. Depuis dix ans, une fois par semaine, je viens dans ce bureau au sein du greffe du tribunal pour consulter les dossiers des biens mis en vente publique. Cependant, je n'ai jamais remarqué la présence de cette imposante horloge au pied des escaliers. Je m'arrête et compte les autres sonneries : deux, trois, quatre, cinq, six. Il est dix-huit heures.

Depuis quand est-elle là ?

Je m'avance vers l'horloge et la détaille du regard. J'effleure le cadran sculpté en bois rare, soulevant une fine couche de poussière.

Je lui murmure :

- Mais, tu es ici depuis des siècles. Pourquoi ne m'appelles-tu que maintenant ?

Un confrère travaillant pour une agence concurrente me dépasse et plaisante :

- Ça ne va pas, Xavier ? Tu parles à l'horloge maintenant ?

Je l'ignore et tends l'oreille pour suivre le cliquetis de l'aiguille des secondes. J'entends qu'elle me répond : le temps passe et ne reviendra pas. Dans six heures, Cendrillon retrouvera ses habits et la calèche redeviendra citrouille.

Je rage :

- Qu'est-ce que Cendrillon vient faire dans mon histoire ?

Ma voix résonne en écho dans le vieux bâtiment centenaire.

Furieux, je lui donne un coup de pied et me précipite vers la sortie, avant l'arrivée de l'agent de sécurité. Dehors, dans la rue, je m'adosse au mur pour reprendre mon souffle.

Je sors mon portable de ma poche. La poisse ne me lâche pas. Plus de batterie !

- Oh ! Puuuutain ! Mei Gui Xïn va croire que je refuse délibérément de prendre ses appels.

C'est malheureux, mais chaque fois que je tiens un téléphone, la tête pathétique d'Hannah traverse mes pensées : ses harcèlements téléphoniques me marqueront à vie ! J'imagine sa colère quand elle apprendra que je n'ai pas suivi son conseil d'appeler M. Cohen. Je ne serais pas surpris qu'elle soit venue au bureau pour harceler notre secrétaire afin de savoir où je me trouve. Et puis, je vois la tête de mon boss : si cette affaire échoue chez nos concurrents, il me remerciera sans état d'âme. Je chasse de mes pensées cette sorcière aux cheveux roux flamboyant et ses mauvaises ondes, tentant de me concentrer sur des choses plus joyeuses. Instantanément, mes pensées m'entraînent vers Mei Gui Xïn. Elle est un ange envoyé sur terre pour prendre soin de moi.

Le mieux, c'est que j'aille directement la voir chez elle.

J'attrape la première trottinette électrique traînant sur le trottoir et fonce à toute vitesse en direction du Marais. Dix minutes plus tard, j'arrive devant le 22 rue Saint-Antoine. Je tape le code, déclenchant l'ouverture de la petite porte encastrée dans la grande. Je me glisse rapidement à l'intérieur. Je grimpe en flèche les escaliers et ralentis le pas quand une odeur de chat familière emplit mes narines. D'habitude, je déteste cette senteur. Mais aujourd'hui, elle me procure la sensation de rentrer chez soi. C'est la preuve que j'ai eu une vie avant mon arrivée dans le jardin de l'hôtel Étoile, il y a dix-huit heures à peine. J'arrive au quatrième étage. Sur le palier de gauche, un paillasson orné d'une famille de chats, et sur celui de droite, un miroir hexagonal accroché à la porte pour chasser les mauvais esprits.

Mei Gui Xïn est une inconditionnelle du feng-shui et de toutes les forces surnaturelles. Elle croit au karma et à la réincarnation.

- Ma voisine est une personne fantastique. Dans sa prochaine vie, je ne serai pas étonnée qu'elle se réincarne en dalaï-lama. Chez elle, c'est un aperçu du paradis !

En parlant de cette femme, Mei Gui Xïn a les yeux qui brillent. Dans ma tête d'agent immobilier, j'imaginais ce paradis terrestre rempli de toiles de Picasso, de Monet et de sculptures de Rodin posées sur un parquet en bois rare d'un salon de deux cent cinquante mètres carrés. Ou peut-être, une cheminée et des meubles anciens d'époque Louis XIV. Non ! Cette vieille dame a recueilli une dizaine de chats.

Lorsque je suis venu chez elle la première fois, ces boules de poils se sont précipitées sur nous. Certains s'agrippaient à mes jambes, tandis que d'autres se frottaient contre celles de Mei Gui Xïn. J'étais resté sans bouger, souffrant en silence de leurs griffes traversant le tissu de mon pantalon, tandis que ma fiancée s'était assise en lotus par terre pour les caresser en chuchotant des mots doux.

La maîtresse de maison m'avait embrassé :

- Bonjour, jeune homme. Je suis contente de vous rencontrer. Mei Gui Xïn m'a tellement parlé de vous. Il semblerait que vous adorez les chats !

La vieille avait un regard fouineur et cherchait à me provoquer. Ça crève les yeux que je n'aime pas les bêtes. Cependant, à quoi bon me fâcher avec une dame que ma bien-aimée vénère ? Alors j'avais simplement répondu :

- Mei Gui Xïn me répète sans cesse que vous êtes une sainte.

Depuis cette rencontre, je l'évite un maximum.

Je me dirige vers la droite. Face au miroir contre les mauvaises ondes, je frappe à la porte. Aucune réponse. Alors, je soulève le cactus devant la porte d'entrée, et entre deux pots, je récupère la clé de secours. J'ai déjà prévenu Mei Gui Xïn que c'était la pire des planques. Même un voleur débutant connaît ce genre de cachette.

Elle m'avait rétorqué :

- Ouais, c'est idiot de la cacher sous le pot, mais là, je la planque entre deux pots. Est-ce que tu vois la nuance ?

J'insère la clé dans la serrure, la fais tourner et pousse la porte. Je me glisse rapidement à l'intérieur. Tout est calme, aucun signe de vie. Je m'avance vers le salon, puis dans la chambre. L'appartement est clean. Mei Gui Xïn est maniaque, cela frise la maladie. Chaque chose est à sa place, on croirait vivre dans un musée. Son lit est impeccable, la couverture est bien tendue et elle y a déposé une nuisette en dentelle noire. Je vais dans la salle de bains. Sa brosse à dents au manche en bambou se dresse dans le verre, à côté du tube de dentifrice.

Tiger n'est pas rentrée cette nuit. Où a-t-elle pu aller en sortant de chez moi ?

Je m'effondre sur le canapé du salon et balaie la pièce du regard. Son iMac est ouvert et trône sur le bureau, à côté de deux piles des magazines de mode parfaitement rangées. Mei Gui Xïn et Apple sont inséparables. Quelque chose d'inhabituel est arrivé.

S'il t'arrive malheur, je me fous en l'air !

Quelqu'un frappe à la porte. Je bondis du canapé et cours l'ouvrir. C'est la vieille voisine, complètement effrayée.

- Bonsoir, Xavier. J'entends des bruits et vois de la lumière, alors je viens vérifier si tout va bien.

Sa voix est chargée d'émotion, presque d'angoisse.

- Bonsoir, Anne. Vous tombez à pic. J'allais justement venir vous parler. Auriez-vous vu ou entendu Mei Gui Xïn depuis hier soir ?
- La dernière fois que je l'ai vue, c'était hier après-midi. Elle m'a dit qu'elle allait chez vous justement. Est-ce que tout va bien ? Vous me semblez inquiet, mon petit.

J'essaie de rester digne, en vain. Je laisse échapper un sanglot. Aussitôt, l'image de cette sorcière aux cheveux blancs me revient à l'esprit et ricane : ce n'est pas beau de voir un garçon qui pleure. Alors, je stoppe net ma lamentation.

Un court silence tombe entre nous. Puis, la voisine tourne la tête en direction de son appartement, le regard égaré. Soudain, elle fait un pas en avant, s'agrippe à mon bras et me murmure à l'oreille :

- Mon petit Xavier, il s'est passé quelque chose d'étrange. Hier soir, alors qu'il n'y avait ni lumière ni bruit chez Mei Gui Xïn, mes chats poussaient pourtant des miaulements horribles et montraient les dents.
- Abrégez, Anne ! Je perds patience.

La vieille, imperturbable, continue son récit à un rythme de plus en plus dramatique :

- Ce sont mes bébés, je les connais par cœur. Ils sont calmes, de véritables amours. Tout à l'heure, quand ils ont entendu la clé tourner dans la serrure, ils ont recommencé à s'agiter.

Ils se sont redressés et se sont mis à gratter dans l'air. Je ne sais pas ce qu'ils veulent.

- Peut-être qu'ils ont faim ?
- Non. Leurs écuelles sont remplies, ils n'y ont pas touché depuis hier soir.

Elle jette un regard indiscret sur l'entrée et le salon avant de poursuivre :

- Où est Mei Gui Xïn ? Comment êtes-vous rentré ?
- Je ne sais pas. Justement, je la cherche aussi.

Puis, j'accompagne la vieille dame de force jusque chez elle et la rassure :

- Dès que j'ai de ses nouvelles, je lui demande de vous appeler.

Derrière la porte, j'entends des miaulements et le crissement des griffes sur le bois. Mon dos giflé me brûle. J'ai des vertiges et ma vue devient floue.

La voisine s'inquiète :

- Ça va, mon petit Xavier ?

Le son de sa voix résonne comme un long écho perdu dans les montagnes. Je l'interromps avant qu'elle s'embarque dans une autre histoire infinie :

- Tout va bien. Rentrez chez vous, maintenant.

Elle tourne doucement la poignée de la porte et tente avec sa maigre jambe de barrer le passage aux chats. Peine perdue ! Ses bébés d'amour la griffent au sang. Surprise par la douleur, elle s'écarte. Les félins s'échappent en furie dans les escaliers.

La vieille dame éclate en sanglot et supplie :

- Mes trésors, revenez ! Dehors, c'est rempli de dangers.

Je pousse la porte, la traîne presque de force à l'intérieur et la rassure :

- Vos petits ne peuvent pas aller très loin. Les portes sont fermées, ils seront obligés de remonter.

À pas lourds, elle va s'effondrer sur le canapé, la tête entre ses deux mains ridées et se lamente.

Je me hâte vers la porte d'entrée et la referme derrière moi.

L'irruption de la voisine augmente encore mon stress. Je me rue dans le séjour à la recherche d'un chargeur. Je le trouve sans aucun effort, car Mei Gui Xïn rassemble soigneusement tous les accessoires électroniques dans une jolie boîte en carton. Je connecte le téléphone au chargeur. Mon regard fixe l'écran noir. Le logo d'une pile vide avec une barre rouge clignote.

Une, deux, trois, quatre… Je compte nerveusement, puis j'explose :

- Mais dépêche-toi. Il te faut cinq siècles pour t'allumer ?

Enfin, le téléphone m'invite à saisir mon code. Je m'exécute. Aussitôt, je vois défiler une longue liste de notifications. Plusieurs SMS d'Hannah, le numéro du standard de l'agence immobilière et le numéro perso de mon boss, des appels inconnus, mais aucun signe de Mei Gui Xïn. Mon cœur se serre et mes doigts tremblent.

J'écoute ma messagerie :

- Votre nom a été tiré au sort pour gagner un voyage aux Maldives…

Je le supprime.

- Bonjour, je vous appelle pour l'annonce…

Je passe au message suivant.

- Xavier, putain t'es où ? Depuis…

Supprimé !

- Bonsoir, ici les urgences de l'hôpital Hôtel Dieu, votre amie Mei Gui Xïn a été transférée aux soins intensifs. Vous êtes la dernière personne qu'elle a appelée de son portable. Si vous êtes de la famille ou si vous connaissez sa famille, merci de la prévenir. Merci. Au revoir.

J'écoute et réécoute le message pour être certain que ce n'est pas un canular.

Pourquoi Mei Gui Xïn a-t-elle été transportée aux urgences ?

Je cours vers la sortie et déboule dans les escaliers. Derrière la porte gauche, j'entends monter des miaulements aigus. Ils ressemblent aux lamentations des âmes perdues du monde des morts.

***

J'arrive à l'accueil d'Hôtel Dieu, et patiente dans la file d'attente.

Pourquoi l'appelle-t-on le service des urgences alors qu'il y a qu'une seule personne qui travaille ?

Devant moi, une femme enceinte explique à l'hôtesse qu'elle va bientôt accoucher, qu'elle est réfugiée et n'a ni domicile ni papiers.

- Je vous comprends bien, madame, mais toutes les places sont prises dans le service maternité. Essayez celui de l'hôpital Lariboisière, à côté de la gare du Nord.
- Eux envoyer moi ici.

La réceptionniste donne plusieurs coups de téléphone, mais ne semble pas trouver de solution. La future maman s'énerve. La femme de l'accueil s'exaspère et moi, je pète les plombs :

- Est-ce que c'est possible d'aller plus vite ? Votre conversation dure depuis un siècle !

Le silence tombe soudain dans la salle. Tous les regards se tournent vers moi, accusateurs.

J'ai honte ! Comment puis-je m'emporter devant le drame qui frappe cette maman et son bébé ? Je baisse les yeux et présente mes excuses aux deux femmes :

- Je suis très inquiet pour ma fiancée. Elle a été transportée aux urgences.

Aucune d'elles ne me répond, et je n'ai même pas droit à un regard. Finalement, deux hommes en civil viennent chercher la future maman. Je ne sais pas où ils vont l'amener, mais elle ne montre aucune résistance : soit elle se résigne plutôt que de se battre, soit elle obtient ce qu'elle veut.

Je m'avance vers l'agent d'accueil et lui dis :

- J'ai reçu un appel m'informant que ma copine a été transportée aux urgences.
- Comment s'appelle-t-elle la patiente ?
- Mei Gui Xïn.

- Quel joli prénom ! Ça veut dire « aurore » en chinois, me dit-elle tout en tapant sur le clavier de son ordinateur, les yeux fixés à l'écran.

Je ne peux pas cacher mon admiration. Je sors avec une Chinoise depuis cinq ans, et mon vocabulaire se limite à « bonjour » et « merci », que je ne prononce même pas correctement. Là, devant moi, j'ai une femme, blonde aux yeux bleus et qui m'apprend la signification en français du prénom de ma fiancée.

Je lui demande, admiratif :

- Vous parlez couramment le chinois ?

Elle ne répond pas à ma question et m'informe d'une voix lasse :

- Bâtiment B, service toxicomane, quatrième étage, chambre 401.
- Service toxicomanie…

Pourquoi est-ce que je ne suis pas étonné ? Je lâche un long soupir, laisse la place à la personne suivante et me dirige vers l'ascenseur.

Arrivé devant la chambre indiquée, je pousse doucement la porte et me glisse à l'intérieur. Je m'approche à pas feutrés du lit installé au milieu de la pièce. Je me penche sur la patiente et la regarde. Les yeux de Mei Gui Xïn sont fermés et sa respiration est régulière. Ses longs bras nus dépassent de la couverture qui la couvre jusqu'à la poitrine. Elle porte une robe blanche, avec le logo des hôpitaux publics imprimé sur le col. Ce détail anodin m'informe sur son état. Très superstitieuse, jamais Mei Gui Xïn ne porterait un vêtement de cette couleur.

- Le blanc signifie la mort, le deuil, me répète-t-elle sans cesse.

En Asie, lors des funérailles, la famille du défunt porte des survêtements en coton ou en lin blanc. Cette tradition se reflète jusque dans les créations artistiques de Mei Gui Xïn. Ses robes de mariée sont rouges, vertes ou bleues. Pour que les infirmières réussissent à lui enfiler une robe blanche, la pauvre devait être amorphe, sinon elle se serait débattue de toutes ses forces.

Je m'assois sur le coin du lit et j'observe la pièce. Aucun mobilier : juste une table sur laquelle traîne un plateau de repas intact. Elle n'a pas dîné. D'ailleurs, moi non plus depuis mon petit déjeuner au jardin de l'hôtel Étoile. Je me penche par-dessus le lit pour attraper le morceau de pain. Soudain, elle ouvre les yeux, sa main agrippe la mienne. Elle m'a fait une peur bleue.

- Henri, c'est vous ?

Mei Gui Xïn me regarde intensément. C'est qui Henri ? Et depuis quand est-ce qu'elle me vouvoie ?

Néanmoins, je lui réponds :

- C'est moi, Xavier. Comment te sens-tu ?
- Il faut empêcher que les nouveaux propriétaires déterrent les cendres des amants interdits.

Puis elle lâche ma main, et replonge dans son profond sommeil.

- Mei Gui Xïn ! Réveille-toi ! Je ne comprends rien à ce que tu dis.

Malgré mes efforts, elle ne se réveille pas.

Je pousse un cri d'angoisse :

- C'est de mal en pis !

Je fais les cent pas dans la pièce et viens cogner mon front contre la fenêtre. La nuit est tombée. Les allées bétonnées sont éclairées par des spots lumineux alimentés à l'énergie solaire. Elles ressemblent à des ponts aériens qui relient entre eux les différents bâtiments de l'hôpital. La nuit précédente, Aurore avait emprunté l'allée fleurie à Rose-thé, pour arriver jusqu'à moi. Peut-être que son âme se promène là, quelque part, dans ces couloirs sombres. D'instinct, j'explore les alentours à la recherche d'une silhouette frêle et longiligne.

Avec ironie, je récite :

- Esprit, es-tu là ? Si tu es là, montre-toi.

Tout à coup, derrière moi, s'élève une voix venant de nulle part :

- Bonsoir, monsieur. Êtes-vous de la famille ?

Je me retourne et vois une femme en blouse blanche.

- Bonsoir, madame. Je suis son fiancé. Voulez-vous bien m'expliquer comment ma copine est arrivée aux urgences, s'il vous plaît ?

- Votre amie a vraiment de la chance. D'ailleurs, c'est un miracle qu'elle soit encore en vie. Une personne l'a retrouvée dans le coma dans les toilettes d'un night-club. Heureusement que les ambulanciers sont arrivés à temps, sinon, vous l'auriez retrouvée à la morgue.

L'infirmière débarrasse le plateau-repas, tout en m'informant que les visites sont terminées, elle m'invite doucement à quitter la pièce.

Je m'approche de Mei Gui Xïn et pose un baiser sur son front. Elle ouvre soudain les yeux, me lance un regard amoureux et susurre :

- Henri, vous êtes mon héros.

Puis, elle referme les paupières. Deux sillages de larmes coulent sur ses joues. Pareil sur les miennes. C'est la deuxième fois qu'elle m'appelle Henri, et en plus, elle lui déclare sa flamme ! J'ai envie de casser la gueule de ce type !

Je sors de la chambre à pas lourds. Dans ma tête, une spirale tourne à l'infini : Mei Gui Xïn a un amant et il s'appelle Henri.

J'ai envie de noyer mon chagrin dans une bouteille de whisky, pire, de sauter dans la Seine pour ne plus remonter.

Mon téléphone se met à sonner. Je ne veux parler à personne ! Je le sors de ma poche, et m'apprête à le projeter contre le mur. Par mégarde, mon doigt active la touche mains libres, une voix grave résonne dans le haut-parleur.

- Bonsoir, monsieur Levy, c'est maître le Goff, en charge de la vente publique de la maison située 9 rue Amour. Désolé pour mon appel tardif, j'ai eu une journée terrible.
- Bonsoir, maître. Dites-moi ce que je peux faire pour vous.
- Après votre appel de ce matin, j'ai consulté le dossier…

Je l'écoute en marchant. Au fur et à mesure de la conversation téléphonique, je sens monter une poussée d'adrénaline. Quand les portes coulissantes de l'hôpital se referment derrière moi, je sens des ailes pousser dans ce dos rempli de griffures.

Devant moi, Notre-Dame de Paris se dresse magnifiquement et le clocher sonne huit coups. Nietzsche avait tort de dire que Dieu était mort. Ce qui est arrivé à Mei Gui Xïn ne pouvait être qu'une œuvre divine. Une minute auparavant, mon histoire avec Mei Gui Xïn semblait sombre comme une nuit sans lune, et voilà qu'elle s'illumine de mille feux. Une douce pensée trotte dans ma tête : et si Aurore, l'inconnue de l'hôtel Étoile, et Mei Gui Xïn étaient la même personne ? Je déploie mes ailes et m'envole vers l'est, où l'aurore se lève.

24

1870 — Paris, Rose-thé

Le matin suivant, Henri aperçut Aurore derrière la fenêtre du salon de la maison numéro 9. Il inclina légèrement la tête et lui retourna son sourire. Après les jours de doute, ils s'étaient enfin retrouvés. Leurs yeux étaient remplis d'amour. La distance entre leurs deux cœurs était de dix mètres, mais en réalité, elle était infinie, plus longue que celle qui séparait le ciel et la terre.

Dans l'après-midi, Aurore demanda à Louise :

- Mère, j'ai une course à faire, souhaitez-vous m'accompagner ?

Je ne peux pas, ma fille. J'attends Mme Fauchon pour le thé. Demandez donc à Flaubert de vous accompagner.

C'était exactement ce qu'Aurore voulait entendre. Elle embrassa sa mère et agrippa la main de Flaubert. Louise lança à sa fille un regard plein de tendresse et esquissa un sourire, en remerciement au vieil homme. Ayant été orpheline, Louise cherchait en Flaubert un père qu'elle aurait aimé avoir. Quand ils n'étaient pas en public ou en présence d'un tiers, leur trio formait une petite famille heureuse.

Dès que la calèche quitta la rue Amour, Aurore, assise à l'arrière, s'exclama :

- Cher Flaubert, allons chercher Henri !

Un sourire se dessina sur les lèvres du cocher. On n'apprend pas à un vieux singe à faire des grimaces. Il avait deviné ce que la jeune fille avait en tête. À part Louise, personne ne la connaissait mieux que lui. Il l'avait bercée depuis sa plus tendre enfance. Il fouetta le cheval, qui chargea à toute vitesse.

Quand ils arrivèrent devant le lycée, Aurore reconnut la silhouette d'Henri qui s'avançait dans leur direction. La jeune fille descendit de la calèche et se jeta à son cou. Elle se moquait de la distance qu'un homme et une femme se devaient de respecter en public. Henri n'était pas aussi spontané qu'elle ; néanmoins, il prit sa main et y déposa un long baiser.

- Vous êtes très belle, aujourd'hui.
- Merci Henri. J'ai mis des heures à me coiffer.
- Cette robe vous va à merveille.
- Je l'ai empruntée à ma mère.

Aurore sourit. Ses joues se mirent à rosir. Elle fit plusieurs tours sur elle-même. La robe virevolta à un rythme imaginaire. Les amis d'Henri la dévoraient du regard. Ils auraient tous aimé l'avoir à leur bras lors de la prochaine soirée mondaine qui devait avoir lieu dans une semaine.

Aurore renvoya Flaubert. Henri fit de même. Les deux calèches s'éloignèrent vers l'Hôtel de Ville, laissant les amoureux derrière eux.

- Qu'est-ce que vous avez appris à l'école aujourd'hui ? demanda Aurore.
- Rien. Je n'ai pas cessé de penser à vous.

La voix d'Henri était grave. Aurore sentit un frisson lui parcourir le corps. Elle posa un baiser sur la joue de son amoureux. Il avait mesuré chaque mot prononcé. L'amour d'Henri pour Aurore était infini. Sans savoir pourquoi, la jeune fille eut soudain un mauvais pressentiment. Elle détourna le regard, mais la flamme continua à brûler dans les yeux d'Henri.

Dans le ciel, le vent chassa les nuages et le soleil inonda la ville de ses rayons chaleureux. La lumière nimbait leurs beaux visages. La suite de la promenade se déroula dans le silence. Ils communiquèrent par gestes et par regards. Un soupir, long ou court, portait un message. Après une heure de marche, ils arrivèrent devant leurs maisons respectives. Henri raccompagna Aurore jusqu'à la porte, l'étreignit longuement puis se dirigea à pas tranquilles vers sa demeure. Derrière les tentures en velours du salon, Éléonore épiait le jeune couple. Le bonheur jaillit dans leurs cœurs.

***

La nuit tombait, Aurore sortit de sa chambre et monta discrètement sur la terrasse. Elle fixa la maison en face et aperçut la silhouette familière derrière les fenêtres du quatrième étage en attente. Pendant le reste de la soirée, sous le ciel criblé d'étoiles, ils s'envoyèrent inlassablement des messages codés.

Au détour d'un message, le corps de l'amoureuse s'enflamma. Une sensation brûlante la parcourut de la tête aux pieds. Son rythme cardiaque s'accéléra, son souffle devint court et ses mains étaient gelées. Aurore ressentit un irrésistible désir de découvrir le corps d'Henri et de s'abandonner à lui. Le vent souleva ses longs cheveux. De l'autre côté de la rue, derrière sa fenêtre, Henri éprouva la même envie.

J'aimerais être ce vent qui vous caresse, Aurore.

Il lui envoya une dernière pensée avant de tirer les rideaux.

Cette nuit encore, mes rêves seront remplis de vous, Henri.

Aurore descendit les marches d'escalier sur la pointe des pieds et se glissa dans sa chambre. Elle ignorait que sa mère, debout derrière les tentures, observait la scène. Louise était partagée entre l'excitation et l'angoisse. D'un côté, elle était heureuse de l'amour naissant du jeune couple ; de l'autre, elle était saisie par un pressentiment. La vie lui avait appris que le bonheur se paie très cher. Quand cette pensée menaçante lui traversa l'esprit, un courant d'air éteignit les flammes des bougies sur la table de chevet. L'obscurité s'empara de la pièce et une odeur de deuil envahit l'atmosphère.

La maman se jeta à genoux, les mains jointes, et pria ardemment :

- Dieu de miséricorde, s'il vous plaît, ayez pitié de mon enfant. Vous me l'avez donnée, ne me la reprenez pas.

Depuis que le marquis lui avait offert cette vie luxueuse, Louise multipliait les bonnes actions envers ceux qui sollicitaient son aide, surtout les prostituées qui n'avaient pas eu la même chance qu'elle. De nature généreuse, la jeune femme donnait sans compter, mais aussi parce qu'elle était persuadée que cette démarche bienveillante aurait des conséquences positives sur la vie de sa fille.

Et si donner ne suffisait pas pour obtenir la grâce de Dieu ?

À cette question, elle sanglota.

***

Le dimanche suivant, comme à leur habitude, Edmond et Henri se rendirent chez Louise et Aurore, après la messe de 11 heures. Flaubert, fidèle au poste, les accueillit sur le seuil de la maison.

Certes, Flaubert était affecté au service de Louise, mais il restait néanmoins sous les ordres du marquis. L'expérience du Bon Marché n'avait pas laissé au banquier un souvenir mémorable au point d'y retourner. Il avait préféré y envoyer Flaubert. Au début, celui-ci jouait juste un rôle de coursier, soit récupérer les commandes de son patron. Ensuite, son patron l'avait promu acheteur. Le cocher devint la coqueluche des vendeuses du grand magasin. Elles se l'arrachaient dès son apparition derrière les portes pivotantes. Le parfum de l'argent prenait le pas sur l'odeur des bêtes. Flaubert était un portefeuille ambulant. Il était venu pour dépenser.

Le personnel de la famille Fabel d'Estremeau était envieux. Ils rêvaient tous d'échanger leur existence contre la sienne. Le cocher promu majordome était aussi satisfait de sa nouvelle vie. Avec Louise et Aurore, il avait découvert une bienveillance et une gentillesse qu'il n'avait jamais connues. Il leur était dévoué corps et âme.

Ce dimanche-là, contrairement à ses habitudes, Aurore ne se cacha pas derrière les rideaux. La demoiselle attendait les visiteurs dans le séjour. Réprimant un bond vers Henri, elle attrapa sa main, puis le tira vers les escaliers.

- Mademoiselle Aurore, ce ne sont pas des manières ! Revenez saluer M. le marquis avant de vous sauver, lui nota Flaubert.

Arrivée au milieu des escaliers, Aurore s'arrêta, les yeux écarquillés, et s'exclama :

- Oh ! Depuis quand ce portrait est-il là ?
- Depuis hier soir, entre votre deuxième et votre troisième rêve, ma chère enfant.

Edmond s'approcha et déposa un baiser sur les longs cheveux blonds de la jeune fille.

Henri les rejoignit et commenta :

- Le peintre n'a pas rendu justice à votre beauté, Aurore.

Edmond lança un regard sévère à son fils. Aurore rougit et fila vers la terrasse. Louise arriva au pied de l'escalier et appela :

- Nous partons bientôt à Rose-thé.

***

Une heure plus tard, la calèche s'arrêta devant le portail en fer forgé, surmonté de la plaque Rose-thé.

Pendant que Louise s'attardait devant les rosiers en fleurs, Henri saisit la main d'Aurore et l'entraîna vers leur cabane. Leurs rires, résonnant dans l'air, tirèrent Louise de sa contemplation. Elle leur jeta un regard discret et esquissa un sourire. Cette marque de tendresse n'avait pas échappé au marquis. Il suivit également le jeune couple des yeux, puis se tourna vers sa maîtresse et lui demanda :

- Vous me semblez très heureuse, ma chère.
- Oui, je le suis.

Elle prit le bras de son protecteur, posa sa tête sur son épaule, et ils longèrent l'allée fleurie qui menait jusqu'à la maison. Le marquis lança un dernier regard furtif vers la cabane. Des rires joyeux continuèrent de s'en échapper. Il secoua légèrement la tête comme lorsqu'on chasse une idée importune et poussa la porte d'entrée.

- Après vous, madame.
- Merci, monsieur.

L'atmosphère détendue planait dans la pièce. Le couple s'installa confortablement sur le canapé moelleux au milieu du salon inondé de soleil.

- Servez-nous deux verres, j'ai une annonce à faire, ordonna le marquis à Flaubert.

Le vieil homme s'inclina légèrement et disparut dans la cuisine.

Louise examina Edmond.

- Je brûle d'impatience. De quoi s'agit-il ?

Elle se colla contre lui. Les années s'étaient écoulées, et pourtant les gestes de Louise restaient tendres comme aux premiers jours.

- J'ai déjeuné avec le comte Charles de Belleville. Il propose que nos deux familles s'unissent par alliance. J'ai accepté bien sûr. Ce mariage va renforcer ma position à la banque, car le comte me cédera ses parts et je détiendrai la majorité à l'assemblée générale.
- Que vont penser madame votre femme et Henri de ce projet ?

Le marquis se redressa et dévisagea Louise. Il haussa le ton :

- Je n'ai pas à demander l'autorisation de mon épouse et encore moins celle de mon fils.

Sa voix était chargée de colère. Il passa son bras autour des épaules menues de Louise et expliqua :

- Henri ne trouverait pas une meilleure femme que la cadette des Belleville. J'ai sollicité à Mme Fauchon d'enquêter sur ma future belle-fille. Elle a passé les six dernières années dans un couvent et mène une vie irréprochable.

Louise repoussa le bras d'Edmond et haussa le ton :

- Mais Henri ne l'aime pas !
- Qui lui demande de l'aimer ?

Le marquis, agacé par la réaction de Louise, se leva brusquement du canapé. Jamais sa maîtresse n'avait osé lui parler sur ce ton. Le visage d'Edmond s'était durci. Il siffla son verre d'un trait et fit signe à Flaubert de lui en servir un autre, puis aussitôt un troisième. L'alcool lui monta à la tête. Il fit les cent pas dans la pièce.

Soudain, il s'avança vers Louise, lui saisit le poignet et martela chaque mot :

- Louise, que me cachez-vous ?
- Edmond, je vous en prie. Lâchez mon bras, vous me faites mal.

Plus elle tentait de se dégager, plus le marquis serrait fort.

Il plissa ses yeux et répéta :

- Qu'arrive-t-il à Henri et Aurore ?
- C'est tellement évident ! Comment pouvez-vous ne pas le voir ?
- Qu'est-ce que je devrais voir ? hurla-t-il, impatient. La colère jaillit de ses yeux.
- Nos enfants s'aiment.
- Jamais ! Je ne l'accepterai jamais !
- Pourquoi ? protesta Louise. Elle se leva du canapé et fit volte-face. Expliquez-moi pourquoi vous n'accepteriez pas leur amour !
- Mais Louise ! Cela s'appelle de l'inceste !

La jeune femme se figea. La réponse du marquis l'avait foudroyée. Pendant deux décennies, Louise avait cru que si Edmond chérissait Aurore c'était à cause de son amour pour elle, à l'image d'un homme qui aime la mère, aime aussi ses enfants. Elle n'avait pas douté que le marquis prenait Aurore pour sa fille.

- Oh, mon Dieu ! Edmond, Aurore n'est pas votre fille !

Louise s'était juré que sous aucun prétexte elle ne dévoilerait le secret de la naissance d'Aurore. Mais, à cet instant, elle n'avait plus le choix. Elle poursuivit en tremblant :

- Elle n'est pas la mienne non plus. Je l'ai ramassée sur les marches de Notre-Dame de Lorette.

Edmond lâcha le bras de Louise. Lui aussi se figea. Ses yeux allaient de droite à gauche. Sa respiration s'était faite haletante et animale. Fou de rage, le marquis jeta son verre contre le mur, où il se brisa en mille morceaux. Puis, il décocha à Louise une violente gifle. Elle s'écroula sur le canapé. Le sang perla à sa bouche.

La suite se déroula très vite. Le marquis sauta sur sa maîtresse comme une bête affamée bondissant sur la proie. L'empoignant par le corsage, le fou furieux la souleva, la cogna encore et encore. La victime gémissait de douleur et suppliait son bourreau d'arrêter. Mais le tortionnaire était emporté par la rage. Il n'entendait plus rien. Son visage était démoniaque.

De la cuisine, Flaubert se précipita dans le salon et protégea Louise de son corps. Le marquis continua à frapper jusqu'à épuisement. Soudain, il s'arrêta et observa la terrible scène avant de se ruer vers la sortie. Arrivé sur le seuil de la porte, il rugit et asséna de violents coups de pied au banc. Celui-ci ne résista pas au choc, et perdit un pied. Le fou furieux suivit l'allée fleurie, et poussa brutalement la grille en fer. Une fois dans la rue, il se mit à courir droit devant lui.

Dans la maison, Louise se réfugia entre les bras de Flaubert, le regard perdu dans le vide. Muré dans le mutisme, le vieil homme essuya les traces de sang sur le visage tuméfié de la jeune femme.

Elle chercha à justifier la colère du marquis :

- C'est ma faute. J'ai mal choisi le moment pour lui dévoiler ce secret.

Elle regarda Flaubert et supplia :

- Il ne faut pas qu'Aurore sache pour sa naissance.

Flaubert cligna la tête, mais resta silencieux.

Les hurlements du marquis avaient mis fin à l'étreinte des amoureux. Ils quittèrent la cabane en hâte et coururent vers la maison. Le couple s'arrêta un moment devant le banc qui n'avait désormais plus que trois pieds. Ils se glissèrent à l'intérieur et découvrirent le drame. Aurore se jeta dans les bras de sa mère et pleura des rivières. Flaubert s'éloigna, la tête baissée. Il n'avait jamais paru aussi éteint.

Finalement, Louise rompit le silence :

- Henri, il faudrait que vous alliez parler à votre père.
- À quel sujet ?
- Il vous a choisi une épouse.

Le jeune homme écarquilla les yeux et s'écria :

- Qui est-ce ?

Aurore regarda Henri et lui demanda :

- Henri, étiez-vous au courant d'un projet de mariage ?
- Non ! Bien sûr que non !

Puis, il se retourna vers Flaubert et ordonna :

- Préparez la calèche, nous rentrons.

Le chemin du retour se fit en silence. Personne n'avait envie de converser. Louise se blottit contre sa fille. Les hématomes sur son visage commençaient à gonfler. Aurore fuyait les yeux de son amoureux ; éperdue.

Henri monta les escaliers en flèche et poussa la porte du salon. Il surprit sa mère avec une amie. Elles prenaient le thé autour d'une table garnie de mignardises et de petits fours. Il s'avança vers elle et l'embrassa, avant de saluer la visiteuse avec un baisemain :

- Vous voilà devenu un beau jeune homme, le complimenta celle-ci. Je me souviens de vous petit garçon.

Henri acquiesça poliment de la tête, puis se tourna vers sa mère :

- Savez-vous où est mon père ?

Éléonore, embarrassée devant son amie, hésita un moment puis répondit :

- N'était-il pas avec vous à Rose-thé ?
- Non, il est rentré sans nous.

La maman lut de la colère dans les yeux de son fils. Elle se leva et s'adressa à son invitée :

- Veuillez nous pardonner, ma chère. Je vais devoir écourter notre goûter.
- Ne vous excusez pas, nous reprendrons cette discussion une autre fois.

Éléonore accompagna la visiteuse. Henri s'inclina en signe de remerciement pour sa compréhension. La gouvernante survint et aida la dame à mettre son châle, avant de l'escorter jusqu'à la calèche.

La maîtresse de maison s'approcha de la fenêtre et fit un dernier geste de main à son amie, avant que la voiture ne disparaisse. Elle se tourna vers Henri et demanda :

- Pourquoi vous êtes-vous mis dans une telle rage ?

- Êtes-vous informée du projet de mariage que père a décidé pour moi ?
- La comtesse Hortense de Belleville vient de me l'apprendre à l'instant.
- Je conteste ce mariage !

Éléonore frémit : sa crainte allait se réaliser. Henri voulait se lier à Aurore, une roturière, alors que le Tout-Paris se passionnait déjà pour son mariage avec la fille des Belleville. Son époux ne laisserait personne flétrir sa réputation. Elle tremblait pour lui.

La maman s'approcha de son fils et le serra dans ses bras.

Elle supplia :

- Henri, je vous en prie, ne défiez pas votre père.
- Mère, c'est Aurore que je vais épouser !

25

1870 — Paris

Edmond pénétra dans le parc des Buttes du Chaumont. Il marchait tout droit devant lui, ni la direction ni la destination n'avaient d'importance. Il ne voulait pas s'arrêter, de peur d'entendre son cœur pleurer. Plus il chassait Louise de ses pensées, plus elle envahissait son être.

Ce jardin, avec ses arbres centenaires et les allées vallonnées qu'il aimait tant, lui semblait soudain être un gouffre sans fond. De toute façon, la colère déformait sa vision, il ne voyait presque rien. Arrivé au bord de l'étang, Edmond s'écroula sur l'herbe, adossé au sol et les bras le long du corps. Les yeux fermés, il voyait défiler les années passées avec Louise et Aurore.

Lors de sa première rencontre avec Louise, vingt ans auparavant, la beauté de la jeune fille l'avait ébloui. Au fil du temps, la pureté de son âme avait pris le dessus. Quand Louise avait disparu, le marquis s'était laissé faner. Et quand elle était réapparue, avec un enfant, toute sa rage et sa peine s'étaient évanouies. L'amant avait remercié la vie de lui avoir offert une seconde chance. Une nouvelle vie avait alors commencé pour Edmond. Dans les premières années, l'identité du père d'Aurore lui importait peu. Mais, plus son amour pour Louise grandissait, plus il aimait penser que la fillette était le fruit de leur amour. Edmond était convaincu que Louise était revenue à Paris pour lui, pour Aurore, pour eux.

Quand Louise avoua la vérité sur son affiliation avec Aurore, sur sa fuite loin de Paris et leurs retrouvailles, toute la vie entière du marquis bascula. Depuis vingt ans, il vivait dans le mensonge, sans jamais s'en rendre compte. Il se sentait trahi. Il était brisé, inconsolable.

Edmond entendit ricaner le diable :

- Même Dieu a été trahi par les siens ! Toi, commun mortel, pourquoi crois-tu que ton bonheur soit au-dessus des autres ? Tu te crois au-dessus de Dieu ?

La provocation était insupportable. Edmond pleura sa désillusion :

- Louise ! Pourquoi ?

Le vent s'était pressé de raconter le malheur du marquis aux arbres, qui le répandirent aussitôt dans tout le parc. Peu de temps après, une bande de pigeons voyageurs s'envola dans le ciel pour délivrer le message à qui voudrait bien l'entendre. Le marquis entendait dans le chuchotement des feuilles :

- Admirez ce spectacle ! L'humanité n'a jamais connu cela auparavant. Un cœur de pierre saigne.

26

1830 — Paris, Église Notre-Dame de Lorette

C'était le 25 août, tard dans la soirée. Le père Thibault sortait de l'église Notre-Dame de Lorette pour rentrer à la paroisse, située au 8 rue Choron, à cinq minutes à pied. De loin, sur les marches, il aperçut un petit paquet enveloppé dans une vieille robe à fleurs.

Le prêtre soupira :

- Douce Marie, mère du Christ !

Ce n'était pas le premier ni le dernier bébé abandonné devant la maison de Dieu. Il s'avança vers le colis et le prit dans ses bras. Heureuse de sentir la chaleur humaine, l'enfant lui sourit, et ce geste allait lier leurs deux destins à jamais. Sous la douce lumière d'un soir d'été, son regard de velours bouleversa l'âme de ce prêtre solitaire.

- Aujourd'hui, nous fêtons Saint-Louis, ça te plairait si je te baptisais Louise ?

Il entendit un gazouillis en guise de réponse.

- Je suis bien d'accord avec toi. C'est un très joli prénom.

Le prêtre n'eut pas le cœur de la remettre à la police, là où atterrissaient tous les bébés abandonnés, et il la ramena à la paroisse. Plus tard, il la confia à sœur Marie, pensionnaire dans un couvent isolé près de Reims. Il lui rendit visite, deux ou trois fois par an, en essayant de combler son absence par quelques jouets oubliés durant la messe.

La petite Louise fut élevée dans la foi chrétienne et destinée à devenir nonne. Mais les voies du Seigneur sont impénétrables, et Dieu ne semblait pas vouloir d'elle. Quand sœur Maria l'informa que père Thibault était mourant, la jeune pensionnaire se sauva du convent pour se rendre à son chevet. Malheureusement, son père de cœur ne lui donna pas le temps de lui dire au revoir. Dieu était plus rapide qu'elle, et avait ramené le défunt à lui.

Louise s'égara alors dans un Paris bruyant, gorgé de dangers et de vices. À bout de forces, elle s'écroula sur le trottoir d'une ruelle près du cimetière Montmartre où le prêtre trouverait le repos éternel. Épuisée, la fugitive pria pour que la Mort vienne la faucher. Cependant, ce fut une vieille prostituée qui répondit à sa prière.

Celle-ci la dévisagea et demanda :

- Que fais-tu ici toute seule, ma fille ?
- Mon père vient de mourir, je n'ai plus personne.

Le regard de Louise était si triste que cette femme n'eut pas le cœur de l'abandonner et la ramena chez elle. Néanmoins, sa bonté s'arrêta là. Pendant que la jeune fille dormait, la vieille l'observa minutieusement de la tête aux pieds.

- La beauté de cette gamine est à couper le souffle, et son corps à damner un saint, se murmura-t-elle envieuse.

Dès le lendemain, sans scrupule, elle fit venir plusieurs clients dans son taudis et vendit la virginité de la petite au plus offrant.

Louise, se sentant souillée et honteuse, n'osa plus rentrer au couvent. Elle décida de rester avec la prostituée. Celle-ci lui apprit les secrets du plus vieux métier du monde, à coups de bâton s'il le fallait. Ainsi, la jeune fille devint une horizontale, c'est-à-dire celle qui couche, jusqu'à sa rencontre avec le marquis Edmond Fabel d'Estremeau.

Malgré une vie de débauche, Louise restait pieuse et se rendait régulièrement à confesse, soit avant le lever du jour, soit très tard dans la soirée. Sa foi en Dieu ne l'épargna pas des regards méprisants des fidèles et des rires moqueurs d'autres filles de joie.

Puis, un matin, en sortant de l'église Notre-Dame de Lorette, elle aperçut de loin, dans la rue Châteaudun, une silhouette féminine éjectée d'une calèche. La voiture s'éloigna à toute vitesse en laissant la personne allongée sur le sol. Louise se cacha derrière la colonne de pierre et observa la scène. L'expulsée se releva, serrant un paquet contre sa poitrine, essuya ses larmes et épousseta son manteau pour en retirer les poussières. Elle fit quelques pas hésitants et s'immobilisa lorsque la cloche de l'église sonna six heures. Levant les yeux vers la croix au-dessus de l'édifice, elle s'avança vers la maison du Seigneur. Louise retint son souffle. Désormais, la courtisane pouvait apercevoir le visage de cette personne, qui ne devrait pas avoir plus de treize ou quatorze ans. Ses vêtements et sa coiffure dénotaient son appartenance à une riche famille bourgeoise. Ses yeux gonflés étaient de ceux qui avaient beaucoup pleuré. La jeune fille approcha le paquet près de son visage, y déposa un long baiser, et murmura :

- Ne m'en veux pas. Je n'ai pas le choix. Pourvu que tu trouves une maman qui t'aime.

La jeune fille fit un signe de la croix, puis scruta à droite, à gauche avant de poser le paquet sur une marche d'escalier. Elle s'agenouilla pour embrasser son enfant une dernière fois avant de prendre la fuite.

De sa cachette, Louise tenta de contrôler ses émotions. Peine perdue, ses larmes coulaient à flots. Elle imaginait la scène le jour de Saint-Louis, dix-huit ans auparavant quand père Thibault l'avait ramassée sur les mêmes marches. La courtisane regarda autour d'elle. Le jour se levait et dans l'écho du vent résonnait le bruit des sabots des chevaux. Elle s'élança vers le nourrisson, enveloppé dans une épaisse couverture rose, et le prit dans ses bras, légers comme une plume. À ce moment-là, l'aurore dévoila sa robe éblouissante. Les rayons d'un soleil matinal dansaient sur le visage du bébé, qui plissa les yeux et se mit à bouger ses minuscules lèvres. Louise serra l'enfant contre sa poitrine. Elle l'aimait déjà.

Louise susurra à l'enfant :

- Tu m'es venue avec le lever du jour. Et, si nous t'appelions Aurore ?

Rapidement, Louise organisa sa fuite. Elle rentra discrètement chez elle pour ne pas réveiller le gardien de l'immeuble et quitta son appartement en emportant le strict nécessaire. La fugitive marcha plusieurs jours avant de rejoindre le couvent où elle avait grandi. Cachée près du puits d'eau, elle attendit la nuit pour se rendre dans la loge de sœur Maria.

- Louise, Dieu soit loué. Tu es revenue, saine et sauve.
- Sœur Maria, pardonnez-moi. Vous m'avez tellement manqué.

Après une longue étreinte, Louise lui raconta sa mésaventure depuis le décès du père Thibault et son souhait de garder cette enfant. L'histoire se répétait. Sœur Maria se remémora le jour où le défunt prêtre lui avait confié l'orpheline. Maintenant, Louise lui demandait de protéger Aurore.

Finalement, la religieuse décida de les héberger dans une cabane dans le jardin, loin des regards des autres pensionnaires. Désormais, Louise et Aurore vivaient dans cette pièce sans fenêtre et se contentaient d'un peu de pain, d'eau fraîche et de lait pour la petite.

Quelques mois étaient nécessaires pour faire croire à une grossesse, et Louise reprit sa vie là où elle l'avait laissée. En vendant les bijoux reçus de ses amants, la jeune mère loua un petit appartement dans un quartier des Batignolles.

Était-ce un hasard chanceux ou parce que la vie était clémente envers Louise, celle-ci croisa Flaubert au détour d'une ruelle.

- Mademoiselle Louise, quelle joie de vous revoir ! Tout le monde vous croit morte. M. le marquis en est devenu fou !
- M. le marquis se porte-t-il bien ?
- Il va de mal en pis depuis votre disparition.

Autour de deux tasses fumantes dans un café populaire près de la place Pigalle, le cocher raconta à Louise en détail ce qui s'était passé après sa fuite. La jeune femme compara leurs retrouvailles à une bouteille à la mer que l'on découvre. Dans le plus grand secret et une confiance totale, elle remit à Flaubert une lettre à l'attention de son ancien protecteur.

27

1870 — Paris, Buttes du Chaumont

Edmond ouvrit les yeux et regarda autour de lui. Il n'était plus retourné dans ce parc depuis son inauguration. Il se rappela qu'il était venu accompagné de Louise, d'Aurore et de ses deux fils. Le Tout-Paris était là, mais dans cette foule, il ne voyait que Louise qui rayonnait de beauté.

Soudain, la voix de Louise retentit dans sa tête :

- Aurore n'est pas votre fille !
- C'est un mensonge ! Vous mentez ! vociféra-t-il.

La colère enflamma les yeux du marquis. Son visage se durcissait. Il rumina des mots incompréhensibles. Il grinça des dents. Serrant les poings, il martela la pelouse sur laquelle il s'était allongé.

Cette putain avait orchestré sa fuite pour me faire croire qu'elle portait mon enfant… Moi qui croyais qu'elle était revenue pour moi ! Louise n'avait jamais revendiqué qu'Aurore était ta fille ! Louise ne te demandait rien ! Toi seul, tu te jetais à ses pieds ! Tais-toi ! Pauvre idiot ! Cette traîtresse ne t'avait jamais aimé. Et toi, tu ignores les enfants de ton sang pour t'attacher à une bâtarde !

Le marquis se torturait dans un monologue sans fin. Dans sa tête jaillissaient des pensées contradictoires. Soudain, il bondit sur ses jambes et prit sa tête dans les mains. Un duel se livrait en lui. Il était déchiré entre un instinct animal ravageur et son amour pour Louise. Ses sanglots étaient entrecoupés par des rires sadiques. Hélas, le côté obscur emporta la bataille. De loin, sur la colline retentit la voix mielleuse du démon :

- Allons-nous asseoir là-bas. Il faut réfléchir… Comment punir cette traîtresse, sa bâtarde et ce misérable traître de cocher ?

Le marquis esquissa un sourire satisfait et marcha d'un pas tranquille en direction du temple de la Sibylle. Il croisa quelques promeneurs du dimanche et les salua d'un mouvement de tête en gentleman qu'il était. Nul ne douta que dans sa tête, des graines maléfiques étaient en germination.

Quand il arriva au milieu du pont des Suicidés, les esprits errants prirent possession de son âme. La dernière trace d'humanité disparut de son cœur.

28

1870 — Paris.

La fuite

Aurore prit sa mère par la taille et la guida lentement jusqu'au salon. Ensuite, elle l'aida à s'asseoir sur le canapé en velours rose au milieu de la pièce. La maison était vide. Le dimanche était la journée du repos de la bonne. Elle ne reviendrait pas avant le lundi après-midi.

La jeune fille perdait ses repères. Trop de drames à digérer en si peu de temps. D'abord la vision ensanglantée de sa mère et Flaubert, puis celle d'Edmond comme leur bourreau, et, pour l'achever, la perspective du futur mariage d'Henri avec la cadette des de Belleville. Dans ses souvenirs d'enfance, le marquis n'était que douceur. Qu'importe ce que le personnel racontait sur lui, Edmond n'avait jamais levé la voix sur elle. Et puis, lui et sa mère s'aimaient à l'infini. Alors, pourquoi ce drame ?

- Le diable a pris son âme, pensa-t-elle.

Flaubert fit irruption. Il avait encore des traces de sang dans les cheveux et sur ses vêtements. Il regarda Louise avec d'un œil interrogateur. Elle laissa échapper une lamentation et lâcha :

- Nous allons devoir fuir.

Le vieux cocher esquissa un signe de tête et appuya :

- Je vais couvrir la calèche et préparer les provisions pour un long voyage, madame.

Il repartit aussitôt sans attendre la réponse de sa maîtresse. Aurore, inquiète, vint se blottir dans les bras de sa mère :

- Mère, pourriez-vous m'expliquer ce qui se passe ?
- Allez préparer vos affaires, mon enfant. Ne prenez que le nécessaire, il faut que nous partions le plus vite possible.
- Pourquoi M. le marquis vous a-t-il infligé ces coups si violents ?

- Venez. Je vous expliquerai en chemin.

Louise se leva du canapé, mais Aurore ne bougea pas. La jeune fille était perdue. La maman attrapa la main de sa fille et la pressa :

- Dépêchez-vous, ma chérie. Il faut que nous quittions la maison avant que M. le marquis ne nous retrouve.

Aurore leva ses yeux embués vers Louise et supplia :

- Mère ! Nous ne pouvons pas partir sans prévenir Henri !
- Ne vous inquiétez pas pour lui. Il s'en sortira bien.
- Non, mère. Sans moi, Henri mourra.

L'innocence d'Aurore serra le cœur déjà meurtri de Louise. Elle revint s'asseoir à côté de sa fille, la prit dans ses bras et l'embrassa. La maman se revoyait des années auparavant, quittant tout pour sauver cette enfant. Aujourd'hui, elles devaient de nouveau fuir.

Louise se souvint des coups que le marquis avait infligés à son voisin du palier dans l'immeuble des Batignolles. Il l'avait frappé sans pitié. À Rose-thé, Louise avait perçu la même rage dans ses yeux sauvages. Son protecteur, emporté par la colère, frappait sans se soucier de sur qui pleuvaient les coups.

- Venez, ma chérie. Dépêchons-nous !

Louise martela chaque mot pour que sa fille comprenne la gravité de la situation. Elle lui prit sa main et l'entraîna de force vers l'escalier. Elles allèrent chacune vers leur chambre respective. Lorsque Louise termina de préparer sa valise, elle passa chercher Aurore, mais ne la trouva pas. La maman courut vers la terrasse, le cœur battant.

Comme Louise le craignait, elle trouva Aurore appuyée contre la barrière, les yeux rivés sur l'immeuble d'en face. La jeune fille cherchait la silhouette de son amoureux.

- Venez, mon enfant, il faut partir maintenant, la pressa Louise.
- Henri ! cria l'amoureuse, folle de désespoir.

Mais le jeune homme n'entendit pas son appel. Il se révoltait contre le mariage arrangé avec Éléonore Fabel d'Estremeau dans leur salon.

Louise tira Aurore par le bras, l'entraînant hors de la terrasse.

À cet instant, Henri leva les yeux et entrevit la silhouette familière. Il quitta la pièce et monta les escaliers en flèche jusqu'à sa chambre. Il se précipita vers les fenêtres et les ouvrit. Il chercha Aurore sur la terrasse. Mais elle n'y était plus.

Le chat fit irruption et s'agita nerveusement.

- Qu'as-tu, Tigre ? Pourquoi t'excites-tu comme ça ?

Henri le prit dans ses bras. Mais le félin montra les canines et griffa sa main avant de se jeter par la fenêtre.

- Tigre !

Son jeune maître le suivit du regard. L'animal tomba sur ses pattes sur le trottoir, indemne, et traversa la rue en direction de la maison d'Aurore. Au même moment, une calèche conduite par Flaubert quittait l'écurie et fonçait à toute vitesse. Aurore passa sa tête par la portière, leva les yeux vers lui. Leurs regards se croisèrent.

Aurore hurla :

- Henri !

L'amoureux dévala les quatre étages et tenta de rattraper la calèche. Mais déjà, elle avait disparu dans la rue des Martyrs. Il fit demi-tour et frappa avec force à la porte d'entrée de la maison portant le numéro 9 et guetta le moindre bruit venant de l'intérieur. En vain, il y régnait un silence de mort. Il renouvela les coups. Sans plus de succès. La nuit tomba, l'obscurité enveloppa la ville. Des minutes, puis des heures s'écoulèrent. Pourtant, Henri resta adossé à la porte, résolu à y rester jusqu'au retour d'Aurore.

Se sentant observé, le jeune homme leva la tête et aperçut, assis sur le bord de la fenêtre de sa chambre, son chat qui se grattait nerveusement les moustaches.

- Descends, tu vas encore tomber ! lui ordonna Henri.

Mais, le félin ne bougea pas. L'animal soutint le regard d'Henri de ses yeux accusateurs. Le jeune homme ressentit soudain un vertige, comme si un tourbillon imaginaire venait de l'avaler.

De l'autre côté de la rue, au numéro 8, Éléonore végétait au fond du canapé bleu royal. Elle pensait à son fils et son cœur de mère saignait.

Si la douleur de son fils pouvait être partagée, alors elle lui prendrait tout.

Puis ses pensées allèrent vers Edmond. Elle n'avait aucune idée d'où son mari pouvait être. Éléonore revécut les souvenirs cauchemardesques de l'époque où Louise avait disparu. Si par malheur la courtisane ne revenait pas, son foyer basculerait une deuxième fois en enfer.

La maîtresse de maison attrapa la clochette et la secoua énergiquement. Georgette sauta de son lit, enfila son tablier, descendit les escaliers en hâte. La gouvernante était anxieuse. Depuis qu'elle était au service de la famille Fabel d'Estremeau, jamais elle ne fut appelée en pleine nuit.

Elle frappa à la porte.

- Entrez, Georgette.

La gouvernante s'approcha de la marquise et s'inquiéta :

- Oui, madame ?
- Allez me chercher mon fils. Il est assis devant la porte d'entrée des de Lorette. La voix d'Éléonore était empreinte de tristesse. La domestique comprenait très bien la douleur de sa patronne. Georgette, elle non plus, ne dormait pas. Cette femme n'ayant ni mari ni enfant donnait tout son amour à ce garçon. Georgette se souvint de la lumière dans les yeux d'Henri quand il préparait les biscuits pour la petite voisine.
- N'ajoutez pas d'amandes, Aurore les préfère nature.
- Elle a beaucoup de chance de vous avoir, répondait la gouvernante en essuyant les traces de farine sur le visage du petit.

Henri avait éclaté de rire. Avant l'arrivée d'Aurore dans la maison d'en face, il était un enfant silencieux, montrant peu ses sentiments. Depuis, il souriait plus.

Éléonore extirpa Georgette de ses pensées :

- Ramenez-le-moi, je vous en prie.
- Oui, madame.

La gouvernante quitta le salon, descendit les escaliers et disparut dans la cuisine. Elle sortit les gâteaux secs du garde à manger, les disposa dans la boîte jaune en métal qu'Aurore avait offerte à Henri, quelques années auparavant. Néanmoins, elle était restée comme neuve, car Georgette en prenait le plus grand soin.

De la fenêtre, la marquise observa la scène. La gouvernante traversa la rue. Henri lui fit une petite place sur la marche. La domestique lui tendit la boîte et il s'en saisit. Il souleva le couvercle, en proposa à Georgette puis en piocha un pour lui.

Un peu plus tard, la gouvernante se leva, embrassa le jeune homme et traversa la rue. Elle passa par la porte de service et monta directement dans sa chambre de bonne, sous le toit, sans retourner au salon. Georgette n'avait donc pas réussi à ramener le jeune maître.

Éléonore explosa de colère :

- Quelle injustice ! Mon fils n'a pas mérité cela ! Mon Dieu, pourquoi lui infligez-vous une telle épreuve ? Quand a-t-il commis un péché ?

À cet instant-là, la maman sombra dans la folie et perdit définitivement la foi en son Dieu qu'elle priait ardemment matin et soir depuis son enfance.

De l'autre côté de la rue, devant la maison numéro 9, Henri mangea le dernier biscuit. Il referma le couvercle de la boîte jaune en métal, la serra contre sa poitrine, se leva et jura :

- Où que tu sois, je te retrouverai !

***

Pendant ce temps, sur la route de Reims, une calèche fonçait à toute vitesse. Depuis leur départ, les fugitifs n'avaient fait qu'une pause pour que les chevaux reprennent leur souffle. Le jour s'en allait doucement. Flaubert ralentit la calèche, se tourna vers Louise et suggéra :

- Madame, voulez-vous que nous nous arrêtions à la prochaine auberge ?
- Ne prenons aucun risque. Il faut que nous nous éloignions le plus loin possible de Paris.

Ce n'était pas une bonne idée de voyager dans ces conditions, surtout depuis la rumeur que Napoléon III allait déclarer la guerre au royaume de Prusse. Les routes étaient souvent piégées ou coupées. Néanmoins, le cocher comprenait l'angoisse de Louise, alors il donna des coups de fouet aux chevaux qui accélérèrent.

À l'intérieur de la calèche, Aurore était blottie dans les bras de Louise. Elle ne cessait de pleurer.

- Mère, quand est-ce que nous reviendrons à Paris ?
- Je ne sais pas, ma chérie.

Aurore, sanglotant, posa le visage sur la poitrine de sa mère. Les larmes se déversaient de ses yeux désormais gonflés. Sa douleur était insoutenable. La jeune fille venait de découvrir l'amour et voilà qu'il lui échappait.

Soudain, une détonation retentit. Plusieurs coups de feu vinrent de la forêt. Les chevaux apeurés se cabrèrent en hennissant. La calèche commença à vaciller. Le cocher tira sur les rênes pour ralentir les bêtes, mais sans succès. Il sauta alors sur le dos d'un cheval. Pris de panique, l'animal releva ses membres postérieurs. Flaubert perdit l'équilibre et tomba sur le côté. Il s'accrocha aux harnais, pieds traînant au sol, et tenta de remonter. Mais le cheval était incontrôlable, ses puissantes pattes piétinèrent les jambes du vieil homme. Le cocher lâcha les rênes. Les roues passèrent sur son corps. Dans un dernier souffle, il leva les yeux, regardant la calèche disparaître dans la nuit noire. Dans l'écho du vent, Flaubert hurla les prénoms de Louise et d'Aurore.

La voiture avança dans une course folle, perdit l'équilibre et se renversa avant de plonger dans la Marne. Louise tenta d'ouvrir la portière, en vain. L'eau s'infiltra rapidement à l'intérieur. Les deux passagères, serrées l'une contre l'autre, remplirent leurs poumons d'une dernière bouffée d'air. Les rênes finirent par craquer, libérant les chevaux. Ils restèrent sur la rive, à regarder la calèche se faire emporter par les flots.

Pendant ce temps, allongé sur l'herbe aux Buttes du Chaumont, Edmond cherchait le sommeil, mais sans succès. Son sommeil était entrecoupé par d'affreux cauchemars. Le visage de Louise, les rires joyeux d'Aurore s'interposaient avec des images macabres. Le marquis les voyait se noyer dans un étang. Leurs corps s'enfonçaient dans la boue, elles appelaient à l'aide. Leurs cris déchiraient le ciel sans lune.

- Edmond, aidez-nous, s'il vous plaît. Edmond !
- Louise, attrapez ma main ! Louise !

Le marquis tenta de garder la main de Louise dans la sienne, mais la terre glissante rendait la tâche impossible. Il voyait la peur dans les yeux de Louise. Il hurlait, mais aucun son ne sortait de sa bouche. Edmond se réveilla en sursaut, en arrachant une poignée d'herbes sur lesquelles il était couché.

- Quel cauchemar !

Il soupira. Puis il retomba aussitôt dans le rêve, qu'il reprit là où il l'avait laissé. Maintenant, il ne voyait plus que des bras s'agiter à la surface, puis plus rien. La terre avait englouti entièrement Louise et Aurore. L'étang était devenu leur tombe.

Edmond hurla :

- Louise !

L'écho d'une triste voix familière lui parvint :

- Edmond, c'est trop tard. Tout est fini.

Le marquis voulut crier, mais il n'y parvint pas, ses lèvres étaient cousues. Et, encore une fois, il se réveilla en sueur.

Le parc était vide, aucun promeneur à l'horizon. Edmond passa ses mains dans ses cheveux gras, arrangea ses habits et marcha à pas lourds vers la sortie. Il marmonna quelque chose, puis poussa soudain un hurlement effroyable. Une bande d'oiseaux s'envola dans le ciel, émettant les sons d'une macabre marche de revenants.

Arrivé devant sa maison, le marquis ouvrit la porte d'entrée et se glissa à l'intérieur. Au même moment, Georgette sortit de la cuisine portant dans ses mains un plateau chargé du petit déjeuner. Elle lâcha un cri et laissa tomber le plateau. Le bruit de la vaisselle s'écrasant sur le carrelage résonna dans toute la maison.

- Bonjour, monsieur. Pardonnez-moi. Il fait sombre dans le vestibule, je ne vous ai pas reconnu.

La domestique s'accroupit et ramassa les morceaux cassés. Elle jeta un regard inquiet vers le marquis. Celui-ci était méconnaissable. Ses mains étaient couvertes de boue. Une odeur d'urine et d'excréments se dégageait de ses habits.

Son patron l'ignora. Il jeta son manteau sur le sol. À pas lourds, il monta les marches avant de claquer la porte de sa chambre.

Les jours suivants, l'air dans l'hôtel particulier devint irrespirable. Tous les regards étaient rivés sur la maison d'en face et guettaient le retour de leurs occupants. Mais les tentures restèrent fermées, aucun signe de vie.

Le marquis, les yeux cernés et les joues creuses, donna un coup de canne dans le dos de Georgette et questionna :

- Où sont-elles parties ?

Sous la douleur, la vieille femme se plia en deux et fondit en larmes :

- Je ne sais pas, monsieur.
- Vous mentez ! Tout le monde me ment !

Le maître de maison interrogea aussi le reste du personnel et, dans son désespoir, les frappa tous jusqu'au sang.

Le marquis engagea également des détectives pour partir à leur recherche. Cependant, ce fut dans le Journal officiel de la République française qu'il apprit l'accident.

Les mains tremblantes, il parcourut l'article :

Une calèche est tombée dans la Marne sur la route en direction de Reims. L'accident aurait eu lieu pendant la nuit. L'origine du drame reste à déterminer… Les deux passagères, Mme Louise de Lorette et sa fille Aurore n'ont pas survécu. La première des deux victimes avait été une demi-mondaine. Parmi ses protecteurs, on retient le comte Albert de Montignac, le marquis Edmond Fabel d'Estremeau…

Edmond lâcha le journal. Le compte à rebours de sa mort commença à tictaquer.

***

Les décès de Louise et Aurore firent basculer l'existence des membres de la famille Fabel d'Estremeau à jamais.

Vivre sans Aurore n'avait plus de sens. Henri perdit goût à la vie. Il se donna la mort en jurant de la retrouver dans une autre vie.

La douleur plongea la marquise dans une irréversible folie. Elle avait des absences et prenait souvent Philippe pour son aîné. Par amour pour sa mère, le benjamin oublia son identité et se fit passer pour Henri.

Le marquis se mura dans un silence funèbre. Puis, un dimanche, il se rendit à Rose-thé. Il contempla les rosiers plantés par Louise, puis se tira une balle dans la tête. L'origine du drame fut racontée aux générations suivantes. Les descendants parlèrent d'une malédiction et, depuis lors, laissèrent Rose-thé à l'abandon.

29

2019 — Paris

Je fais signe à un taxi qui passait par là. La voiture ralentit et s'arrête devant moi. Je me glisse rapidement à l'intérieur et elle redémarre. Le conducteur me regarde dans le rétroviseur et demande :

- Bonsoir, monsieur. Où est-ce que je vous dépose ?
- À Versailles. Donnez-moi trente secondes, s'il vous plaît. Je cherche l'adresse.
- Prenez votre temps.

Sa voix est calme, un véritable antistress. C'est exactement ce dont j'ai besoin en ce moment.

J'actionne mon portable et parle dans le vide :

- Dis, Siri.

Aussitôt, mon assistant virtuel me répond :

- Que puis-je faire pour vous ?
- Donnez-moi l'adresse de mes grands-parents.
- Voici l'adresse de vos grands-parents, 11 rue des églantiers. Versailles.
- Merci, Siri, intervient le taximan qui tape ces coordonnées dans son GPS.

Je remets le téléphone dans ma poche et contemple les paysages qui défilent par la fenêtre. Depuis que je suis devenu agent immobilier, je ne vois plus Paris que par ses rives, ses arrondissements et son coût au mètre carré. Ce soir, j'observe à travers les yeux de celui qui est à la recherche de ses racines. Je vois apparaître des arbres, des statues, des piétons… les choses de la vie que je ne regardais plus.

- Voulez-vous écouter de la musique, monsieur ?
- Non, merci.

Le conducteur semble déçu. Il cherche à meubler le silence. Certaines personnes ont besoin d'un bruit de fond : la télévision, le klaxon, l'aboiement d'un chien… qu'importe, du moment qu'il y a un bruit.

Depuis mon arrivée dans son taxi, il tente sans relâche d'établir une conversation, alors que moi, tout ce que je veux c'est le calme, afin de mettre de l'ordre dans mes pensées.

- Vous rendez visite à vos grands-parents ?
- Oui.
- Je suis heureux quand je vois qu'il existe encore des enfants comme vous. De nos jours, les gosses laissent leurs parents moisir dans les maisons de retraite. Et ils reviennent pour les ramener au cimetière.

Dans son rétroviseur, il m'observe et attend ma réponse.

De son regard perçant, il sonde mes pensées. Cet homme a quelque chose d'étrange, je tente de mettre un nom sur son visage, mais sans succès. Son commentaire n'est pas neutre, peut-être parce que je me sens visé, je détecte un soupçon d'accusation.

– Je ne suis pas quelqu'un de bien. En vérité, je suis un petit-fils indigne. Je ne les ai pas vus depuis plus d'un quart de siècle.

Nos regards se croisent à nouveau dans le rétroviseur.

Qui de nous deux parlera le premier ?

Ni lui ni moi. Aucun de nous deux n'a envie de continuer la conversation. Le reste du voyage se déroule en silence. Cet inconnu a ouvert ma blessure. Quand ma mère était tombée malade et que ses jours étaient comptés, j'avais voulu prévenir mes grands-parents, mais maman m'en avait empêché.

- Il faut les préserver.

Les préserver de quoi ? Ma mère ne m'avait pas donné plus de détail. Malgré moi, j'avais espéré un signe de leur part. Ce fut une déception. Aucune nouvelle, ni pendant ni après les funérailles.

Quel est donc ce secret qui les déchire ?

Avec le temps, j'ai fini par penser, comme Mei Gui Xïn, que dans la vie, il y a des questions sans réponses.

Le taxi s'arrête devant le pavillon numéro 11. Je paie et sors rapidement de la voiture. Le chauffeur baisse sa vitre et me dit :

- La porte de la maison des parents reste toujours grande ouverte, peu importe la faute que les enfants ont commise.

Il n'attend pas ma réponse et fonce à toute vitesse dans la nuit.

J'avance vers le portail en fer et tourne machinalement la poignée. À ma grande surprise, la porte s'ouvre. Grand-père fermait toujours cette grille à double tour, sauf le dimanche, quand ma mère et moi venions leur rendre visite. Je m'avance dans la cour. Trente ans se sont écoulés, mais rien n'a changé. Je regarde le lieu et une vive émotion m'emporte. Une scène du film Cinema paradiso me revient soudain à l'esprit, quand Alfredo, le projectionniste, explique à Toto, le petit garçon qui grandit à ses côtés : « Lorsqu'une personne quitte sa ville et revient après une très longue période d'absence, elle la retrouve comme quand elle l'avait laissée. »

C'est ce qu'il m'arrive à l'instant, je suis Toto qui retourne en Sicile pour les funérailles d'Alfredo. Debout sur le seuil, je contemple ce pavillon qui m'a vu grandir. J'entends soudain dans le chuchotement des feuilles, l'écho du rire de ma mère.

Le grincement aigu d'une porte me tire de ma nostalgie. Un vieil homme aux cheveux immaculés apparaît. Le temps ne s'arrête pour personne et a ravagé son visage.

- Xavier, c'est toi ?
- Oui. Bonsoir, grand-père.
- Viens, mon garçon.

Je le suis à l'intérieur. Il marche lentement vers le salon et se tient près de la fenêtre, les bras croisés dans le dos, le regard tourné vers le jardin. Lors de ma dernière visite, il avait exactement la même position.

Je sais pertinemment qu'il n'y aura pas d'embrassades chaleureuses, et pourtant, je suis déçu qu'il ne me prenne pas dans ses bras.

D'une voix neutre, je demande :

- Où est grand-mère ?
- Elle est partie, bien avant le décès de ta mère.

Il y a de la tristesse dans sa voix.

Un silence tombe entre nous. Je me souviens de lui comme d'un homme calme. Le temps ne l'a pas rendu bavard. Dans le taxi, je me suis préparé une liste de questions. Mais, à cet instant, aucune ne me revient à l'esprit.

Le vieil homme avance vers le vase déposé sur une table basse et le soulève. Il récupère une petite clé au bout ciselé. Ensuite, il se dirige vers la commode et l'introduit dans la serrure. Grand-père me fait tant penser à Mei Gui Xïn qui cache la clé de secours entre les deux pots de fleurs. Il en ressort une petite boîte jaune en métal et me la donne :

- Elle te revient, cette boîte.

Je la prends entre mes mains. Elle est toute légère.

Je regarde grand-père et lui demande :

- Qu'y a-t-il à l'intérieur ?

Je soulève le couvercle, mais il pose sa main sur la mienne, secoue lentement sa tête et suggère :

- Tu l'ouvriras chez toi.

Nous nous regardons, sans dire un mot. Puis, il rompt le silence :

- Après votre départ, chaque dimanche, ta grand-mère se tenait près de la fenêtre. Même si elle refusait de l'admettre, j'avais deviné qu'elle vous attendait.
- Pourquoi ne nous avez-vous pas prévenus de son décès ?
- Parce qu'elle voulait vous préserver ta mère et toi.
- Pourquoi grand-mère en voulait-elle tant à ma mère ?
- Aucun parent ne peut en vouloir à son enfant.

Il fait une pause et continue :

- Ta grand-mère cherchait à vous protéger de la malédiction.
- Quelle malédiction ? C'est un cancer qui a emporté maman !

Soudain, dehors dans le jardin, le vent souffle dans les arbres, brisant quelques vieilles branches qui tombent sur la véranda. Le vieil homme perd son équilibre. Je l'attrape de justesse avant sa chute sur le sol. Je l'aide à avancer jusqu'au canapé et m'installe aussi à ses côtés.

Nous ne sommes pas vus depuis trois décennies. Comment rattraper trente années d'absence ? J'imagine les moments de solitude qu'il a traversés, depuis le décès de sa femme, puis celui de sa fille. Je m'en veux de ne pas être revenu ici plus tôt. J'ai envie de le serrer dans mes bras, cependant quelque chose, peut-être ma pudeur, m'empêche de le faire.

Quelques minutes après, sa respiration devient régulière. Le sourire réapparaît sur son visage ridé. Sa main est toujours posée sur la mienne.

Je balaie la pièce du regard. Sur la table basse, je reconnais les mêmes photos : celle de leur mariage, en noir et blanc, celle où l'on me voit tenir une ardoise noire sur laquelle ma mère avait écrit « mon premier jour d'école ». Puis, ma préférée parmi toutes, prise le jour de mon baptême, ma mère entourée de mes grands-parents me tenant dans ses bras. Tout le monde affichait un sourire radieux.

Je cherche un objet ou une présence féminine, mais rien. Tout ici n'est peuplé que de souvenirs de ma grand-mère et de ma mère.

Cachant mon embarras, je lui demande :

- Grand-père, est-ce que vous… vous avez une nouvelle femme dans votre vie ?
- Mon garçon, me sourit-il, ta grand-mère et ta mère étaient les seules femmes de ma vie.

Il commence alors à me raconter comment ils s'étaient rencontrés. Puis, comment ma mère avait été conçue pendant leur voyage de noces, au bord d'un bateau, au lever de l'aurore, près de Capri. Au fur et à mesure de son récit, je vois la lumière jaillir de ses yeux. Ne dialoguant plus avec moi, il monologue. Il se laisse transporter dans un autre monde. Il y a des absences et quelquefois, il sourit tout seul.

L'homme à côté de moi se transforme : d'une personne silencieuse et discrète, grand-père devient joyeux et bavard.

- Ta grand-mère prétendait que dans la famille des Fabel d'Estremeau, les histoires d'amour finissent toujours par un suicide.

Il me fixe du regard, et attend ma confirmation. Je vois défiler mon passé amoureux, ma grand-mère n'avait pas tort : qu'est-ce que j'en avais bavé en amour !

Néanmoins, je blague :

- Peut-être que je ne suis pas un descendant des Fabel d'Estremeau, car j'ai rencontré la femme de ma vie et nous vivons une histoire d'amour extraordinaire.

Mon grand-père sourit et conclut :

- C'est ce que je répétais sans cesse à ta grand-mère. Cette malédiction ne peut pas durer éternellement. Tu me présenteras à ton amoureuse dimanche prochain.

Il passe sa main osseuse dans mes cheveux. Ce geste d'affection me surprend. Dans mes lointains souvenirs, il m'a rarement témoigné la moindre tendresse.

- Il est tard. Je vais me reposer.

Avant de quitter la pièce, il se retourne et ajoute :

- Tu ressembles tellement à ta mère.

Je lui souris en signe de remerciement. Il vient de me confirmer que j'appartiens bien à cette lignée des Fabel d'Estremeau.

Je consulte ma montre, il est presque minuit. Nous avons discuté plus de trois heures. Ma gorge est sèche. Je vais dans la cuisine et me sers un verre d'eau. Puis, je m'avance vers le canapé bleu royal où ma grand-mère m'interdisait de poser mes fesses de peur d'abîmer le précieux tissu et je m'y écroule. Je continue d'explorer la pièce des yeux. Chaque objet me rappelle ma mère. C'était une maman extraordinaire. Une vague d'émotion m'étouffe. Je n'arrive plus à respirer. J'ai besoin d'air. Je cours vers la sortie, en emportant la boîte jaune en métal dans ma main et je claque la porte.

30

2019 — Paris, Rose-thé.

Arrivé à Rose-thé, je m'enfonce sur le canapé et fixe la boîte métallique jaune que mon grand-père m'a donnée. Je soulève le couvercle, mais la rouille rend l'ouverture difficile. En insistant un peu, je réussis enfin à la forcer.

Au-dessus de la pile, je vois une photo jaunie par le temps. Je la sors délicatement et l'approche de mon visage. J'y découvre un jeune couple posant devant l'entrée d'un parc. Je reconnais aussitôt l'inconnue de l'hôtel Étoile, accrochée au bras d'un jeune homme avec un large sourire aux lèvres.

Je hurle, incrédule :

- Mais, c'est moi !

Je retourne la photo et lis tout haut ce qui est écrit au verso : Aurore de Lorette et Henri Fabel d'Estremeau. Inauguration du parc des Buttes du Chaumont, 1867.

- 1867 ! Cette photo date de 1867 !

Je fais un rapide calcul mental.

- 152 ans !

Je me frotte machinalement les yeux et la réexamine. C'est bien moi avec Aurore de Lorette, mais avec des habits d'époque.

- Extraordinaire !

Je dépose la photo sur la table basse et sors alors une lettre, elle aussi est jaunie par le temps. L'écriture est celle d'un enfant, avec quelques taches d'encre et gribouillages qui recouvrent le texte. Toutefois, elle reste très soignée, élégamment calligraphiée.

Je lis à haute voix :

Entre les saules verts coule le fleuve bleu.

Un flash-back se déclenche dans ma tête. J'aperçois une petite fille allongée à mes côtés, nos jambes entrecroisées, sur la terrasse de la maison située au numéro 9 rue Amour. La suite du texte me revient aussi naturellement que le fleuve qui se jette dans la mer. Ce poème est inscrit dans mon ADN. Depuis mon enfance, il résonne dans ma tête.

Je dépose le morceau de papier à côté de la photo comme on aligne de précieux indices. Ensuite, je ressors de la boîte une coupure de journal, pliée en quatre. Je la déplie délicatement. Sur une face, une rubrique consacrée au siège de Paris, datant de 1870 et sur l'autre, un fait divers avec un titre provocateur : « Triste décès d'une demi-mondaine. » Aussitôt, les griffures dans mon dos se mettent à me brûler. Les mains tremblantes, je parcours rapidement l'article. Mon cœur cogne à l'intérieur de ma poitrine et mon rythme cardiaque s'accélère. Je découvre les circonstances du tragique accident de calèche.

La douleur me frappe en plein cœur. Je plie sous la douleur. Un sentiment de déjà-vu m'envahit. Jadis, j'avais déjà pleuré pour la même perte. Je bascule soudain dans un autre monde. Je me vois, sous les traits d'Henri, debout sur le tabouret, au milieu de la pièce devenue maintenant la chambre 401, serrant cette boîte jaune en métal. Je glisse la corde autour de mon cou. La strangulation empêche le retour du sang depuis la tête vers le cœur. Je n'arrive plus à respirer et perds lentement connaissance. Je ne me rappelle pas la douleur, car ma tête se remplit au fur et à mesure des rires d'Aurore. J'ai hâte de quitter ce monde pour partir à sa recherche. Le dernier souffle chaud quitte mon corps. La mort prend enfin possession de mon corps, et je lâche la boîte qui tombe sur le sol avec fracas.

Ce bruit aigu me tire de mon état second. Je tends l'oreille. Quelqu'un vient d'ouvrir le portail en fer. Je cours vers la porte d'entrée et la pousse brusquement. Les rayons matinaux traversent la voûte des feuilles et éblouissent mes yeux. Dans l'allée fleurie, j'aperçois Mei Gui Xïn portant la robe blanche de l'hôpital. Elle se penche sur les rosiers et respire leur parfum. Le vent souffle dans ses cheveux et le soleil y dépose des reflets dorés. Quand elle lève son visage et me regarde, c'est toute la beauté d'Aurore que j'entrevois.

Tout devient limpide.

Je m'avance vers Mei Gui Xïn et elle fait quelques pas vers moi.

- Bonjour, mon amour, ne trouves-tu pas que les roses ont une fragrance musquée et boisée ce matin ? lui demandé-je.

Je pose mes mains sur ses hanches, colle mon nez contre sa nuque. Je cherche comment m'y prendre pour faire comprendre à Mei Gui Xïn que, dans une vie antérieure, je me suis juré de la retrouver dans cette vie. J'espère qu'elle ne me demandera pas pourquoi j'ai gardé la même tête tandis qu'elle s'est réincarnée sous les traits d'une Chinoise, née à six mille kilomètres de son lieu de décès. Je n'ai pas d'explication, mais c'est comme ça, dans la vie, il y a des questions sans réponses.

Mei Gui Xïn me dévisage comme si elle venait de lire dans mes pensées. Je prends une profonde inspiration et me lance :

- Si nous emménagions ensemble dans la maison en face de l'hôtel Étoile ? Elle a une terrasse sublime.
- Est-elle à vendre ?
- Mieux ! Je suis l'héritier.
- Héritier ?

Mei Gui Xïn esquisse un sourire, l'air faussement intéressé. Je la prends par la taille et explique :

- Vingt pour cent seulement. Il faudrait racheter le reste à l'État français.
- Tu essaies de me vendre une maison ? Mei Gui Xïn fait une pause avant de poursuivre. D'accord, j'achète les quatre-vingts pour cent, à condition que les frais de la construction d'une cabane sur la terrasse soient pris en charge par l'agence.

Nous éclatons de rire.

Le soleil inonde le jardin ombragé des saules pleureurs de ses rayons chaleureux. Nous marchons côte à côte vers la maison. Nos épaules se frôlent, se séparent et s'effleurent de nouveau. Je cherche sa main, et elle me la donne aussitôt. Nous sommes deux âmes perdues qui se retrouvent après tant de siècles d'errance.

Ce livre a été imprimé en France

Dépôt légal : Novembre 2020

Achevé d'imprimer chez SoBook le 16-12-2020

Linselles - France

N° impression : 666 757